老いらくの恋

川田順と俊子

新井恵美子

展望社

自宅でくつろぐ川田夫妻。

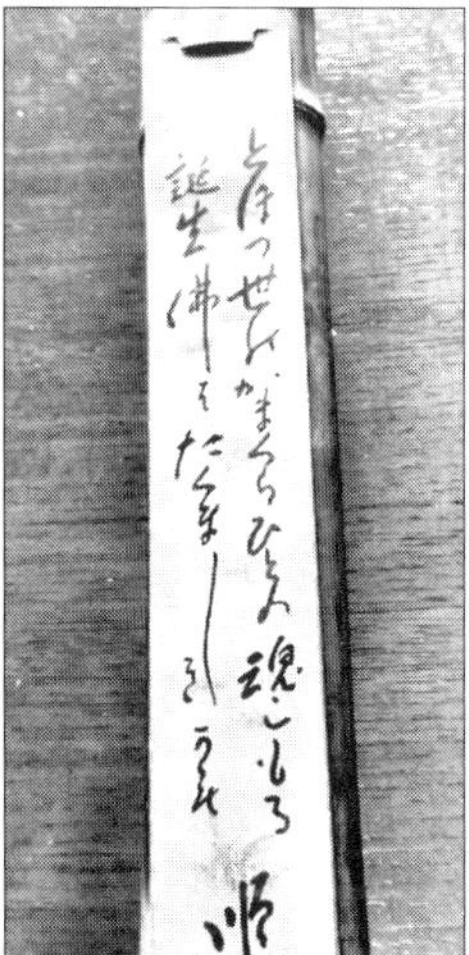

「国府津館」に残る川田順の短冊。

国府津の名取別荘「掬泉居」主屋。

老いらくの恋 川田順と俊子●目次

装丁　新田純

文中、敬称は略させていただきました。

老いらくの恋　川田順と俊子

一、出逢い

その日、中川俊子は疏水《そすい》の渕を歩いていた。すごく急いでいた。昭和十九年の五月、春の盛りであった。

この日、近所の英文学者で劇作家の島文次郎の家で講演会があるのだ。島の奥さんと顔みしりの俊子は道で会った時、この日の講演会にいらっしゃいよとさそわれたのだ。

「とってもよいお話だから、いらっしゃいませ。川田先生のお話よ」

と、島夫人は言った。島夫人は元女学校の国文の先生で自宅で歌の会や講演会などを主宰していたのだ。

「川田順先生なら、お噂を伺った事があります。よいお話をされるそうですネ」

と、俊子は言ってから、まだ、その会に行こうかどうかは決めていなかった。

島夫人は「おいでなさい。きっとあなたのためになりますよ」と、非常に親切にさそってくれた。

俊子は平凡な家庭の平凡な主婦だった。

夫は京都大学の教授で苦学して、今の地位を得た人だった。

俊子が実家に下宿していたこの中川与之助の妻となったのは十七歳の年だった。大学でよい地位を得たいと思っていた中川にとって、俊子は不満な相手だった。

「妻の実家を後盾《うしろだて》にして、偉くなる者がほとんどだ。おれは損している」

と何かにつけて、言った。

「お前はバカだ」「教養がない」と夫は言った。それが俊子には辛かった。十七歳で結婚したのでは、何も学ぶ暇がなかった。嫁いでからは三人の子どもが出来て、育児と家事に日々追われていた。それでも下の子どもが、学校に入り、ホッとすると何か学びたいと考えた。

生活費を倹約して、少しの余裕が出来た。

俊子の父親はもともと、京都東山真如堂の東陽院の住職だったが、その父が五十九歳で急死すると、家族は寺を出なければならなかった。

俊子の母が夫の生前、小さな家を建てていたので、一家はそこに移って生活した。中川のような学生を下宿させたのも生活費を捻出する目的だった。

俊子の家は決して金持ではない。娘の夫を支援するなど出来ない相談だった。そんな事情は分かっていて、中川は俊子を選んだのではなかったのか。

俊子が短歌会「ハハキギ」に入会したのは三十三歳の時だった。短歌を作る事は大きな喜びだった。

夫の「お前はバカだ」という言葉が少し減ったようだった。

俊子の住む京都北白川のこのあたりの主婦は、余裕が出来れば短歌会などに参加した。

日本中が戦火に見舞われ、空襲《くうしゅう》は日増しにはげしくなっていたが、京都のこのあたりは戦争からも忘れられたように静かだった。

そしてここの女達はのんきに歌など作っていた。

春うららかなこの日、俊子は島家に急いでいた。下《おろ》したばかりの新しい下駄が裾にからんで歩きにくかった。

俊子は道をいそいだ。始めて出席するのに遅刻したくなかった。家事を片づけ、着物を着替えて、急いだつもりだったが、もう誰も歩いていない。

やっと島の家の前に来た。玄関脇の小部屋で島とこの日の講師川田らしき人が語らっている姿が見えた。

その近くの階段を上って、俊子は会場に入った。もう婦人達はびっしり集っていた。俊子は遠慮っぽく、後の方の隅にすわった。婦人達はそれぞれおしゃべりをしていた。

俊子は婦人達の背を見ていた。

その時だった。川田が会場に入って来た。皆が拍手をした。

俊子は始めて川田順を見た。

「何と美しい男《ひと》だろう」

あまりにも秀麗な顔立ちに、俊子は電気をかけられたように圧倒され、動けなくなった。

その日の川田は薄い水色の上衣《うわぎ》を着ていた。その上衣を川田は入って来るなり脱いだ。傍にいた島夫人がその上衣をハンガーにかけて、近くのかもいに吊るした。

川田はYシャツ姿で、皆の前に立った。もういちど、俊子は川田を見た。

「何と美しい人か」ともう一度俊子は思った。

川田の話が始まった。なめらかな滑《すべ》るような話しぶりなのに、重要な所はしっかりと押さえた。

その日のテーマは「源三位頼政」だった。平安時代末期に生きたというこの人の事を、俊子は全く知らなかった。会場の主婦達も知らなかったはずだ。

「頼政という男は源氏側の武将だったが、保元平治の乱の折、勝者つまり平家側についた事から中央政権に留まり、異例な出世をした人物だが、歌人としても一流で後世に残る歌をたくさん作っている」

と川田は話した。

そのさわやかな声が流れるようで、聞いている者はすぐれた音楽家の演奏を聞いているような快さだった。

居合わせた婦人達はみじろぎもせず〝川田順〟の世界に引きずり

込まれて行ったのだった。

頼政は武将で歌人、そのどちらも一流であったと言うのだ。戦いと歌よみなど相反する物でありながら、それのどちらも一流であった頼政は、実は川田順そのものの生き方だった。住友総本社の重役でありながら、歌人としても名をなす自身のあり方と重ね合わせて、語るのだった。

俊子はまだそんな事は知らない。いわば二足のわらじをはくという生き方をした男の話に圧倒されて、ただただ、人々のかげで堅くなっていた。感動で胸はいっぱいだった。この美しい老人が情熱をみな切らせて語る様子を俊子は見つめ続けた。一瞬たりとも川田から目を放さなかった。

幸福な一時間が流れた。感動のあまり、俊子の両眼から涙がこぼれていた。

川田は話しながら、なぜか俊子を見ていた。なぜか、その地味なありふれた婦人に心ひかれていた。

川田順、その年六十二歳。俊子三十五歳だった。川田順は明治十五年、東京浅草区三味線堀で生れた。父は川田甕江《おうこう》（本名剛）と言い、漢学者であり、貴族院議員であり、実業界でも成功していた。

母はその父の愛妾、本多かね。しかしその絶世の美女と言われた母は順が十一歳の時、死亡。順と妹は本宅に引き取られて、ここで成長する。

十五歳で佐々木信綱に出会い、師事する。順は短歌と出会うとはげしくのめり込んだ。歌も評価されたが、佐々木はなぜか川田を破門にした。

川田があまりにも短歌にのめり込んで行くので、彼の将来を佐々木は心配して、あえて、破門にしたのだった。

しかし、川田は歌を捨てなかった。佐々木信綱とも生涯を通じて、深い交遊を重ねる事が出来た。

信綱が危惧した川田順の将来は少しも心配はなく、府立四中、一高を経て、東京大学法学部に進み、明治四十年（一九〇七）住友本社に入社する。

東京から神戸に移住し、大阪の住友本社に通勤したが、通勤中は藤原定家の「明月記」を手放さなかった。

定家及び新古今集の研究家としても名をなしていた。一方、「住友に川田あり」と人が言うほど活躍した。実業家としても成功したのだ。

昭和五年（一九三〇）には早くも理事に就任していた。昭和十一年、五十四歳で総理事就任が決っていたが「自らの器にあらず」と言って、退職してしまった。

二十八歳で、河原林和子と結婚していた。

夫婦に子どもはなかったが、兄の子どもの周雄《むねお》を養子として、ごく普通の家庭生活を営んでいた。

住友を辞職するまでにも、川田は「伎芸天歌集」や「山海経」などを上梓していた。

住友を辞任して、三年後、妻の和子が脳溢血で死去した。職もなく妻もなく、孤独になった川田はいよいよ歌の道にはげみ、歌集「鷺」「国初聖蹟《せいせき》歌」などを上梓した。

この二書は第一回帝国芸術院賞を受賞した。歌人として生活して行く道も立っていた。居も京都に移し、近所の婦人達に歌の指導をして、細々と生きていた。

俊子が逢ったのはそんな時だった。

樫《かし》の実のひとり者にて終らむと

思へるときに君現れぬ

俊子とはじめて逢った少し前、川田は「吉野朝の悲歌」(昭和十四年)、「幕末愛国歌」(同年)、「戦国時代和歌集」(昭和十八年)の三部作に対し、朝日文化賞を受賞している。

平穏な老いの日々が何事もなく、過ぎて行くはずだった。六十二歳の男が少年のようになってしまうのはまだ先のことだ。

講演は終った。感動の拍手が続いた。川田は立ち上って、かけてあった上衣を取ろうとした。

すると、島夫人がすばやく立ち上って川田より早く上衣を取ると、慣れた手つきで川田の背に着せかけた。

その様子を見ていた俊子はなぜか激しく嫉妬を感じた。

島夫人はこの日の主催者であり、企画者なのだ。講師の先生に背広を着せかける事なんて、あたり前の事なのに、俊子は島夫人に嫉妬していた。

「私ったら何をバカな事を」心の中で俊子は笑った。ただ羨しかっただけの事だと自分をなだめて、階段を下りた。

玄関先で、島夫人は、

「中川さんの奥さん、お宅が一番先生のお家に近いわ。同じ方角だから、先生をお送りして、ちょうだい」

ときびきびと俊子に言った。俊子はうれしかった。

この美しい先生を一時でも独占出来るのだ。信じられなかった。

わくわくと先生と並んで歩いた。見慣れた疏水《そすい》の水がキラキラときらめいて見えた。

行きにはあんなに難儀をした新しい下駄がカラコロと快い音をたてている。体中が浮き上るように軽くて、あたり一面が光っている。

仕合せだった。そしてその仕合せはあまりにも短かかった。

「もっとこうして、この人と歩いていたい！」

とどんなに思ったことか。

しかし、道は二つに別れ、別々の道に行かねばならなかった。

俊子はこの時、きっぱりと別れを告げた。その時、川田は「あなたのお家はどれですか」と聞いた。俊子は数軒の屋根が重なる中の一番背の高い家を指して「あれが宅の屋根でございます」と言った。

いよいよ川田と別れる時、俊子は突然、「自分の歌を見てもらえないか」と頼んだ。ずいぶん図々しいと思ったが、この人とこのまま無関係になるのはたまらなかった。

川田は、

「いいですよ。出来たら持っていらっしゃい」

と、住所を書いてくれた。

この日、俊子は三十五歳、川田は六十二歳だった。

その日から、二人の心の通路は通じて、激しい炎が燃え上った。

戦争はいよいよ激しくなり、世の中は戦争一色にそまって行ったが、この出来たばかりの二人の関係は静かに燃え上った。

いま逢ったばかりなのに、また逢いたくなる。俊子は出来たばかりの歌をたずさえて、北白川の川田の家をたずね、川田はその歌に朱筆を入れて、疏水べりの俊子の家を訪ねてくれる。

ある時、川田は俊子の家をさがしあぐねて道に迷っていた。夏の盛りだった。その時偶然、買い物カゴをぶら下げて歩いている俊子に会った。

その日、俊子は白いワンピースを着ていた。それがなんとも可愛くて、川田はうっとりしてしまう。「なんて、可愛いのだろう」川田は氷を持っている俊子をみつめ続けた。

「家は疎水より山手でございます」

と言って俊子は小さな板橋を渡った。

川田は歌を作った。

　板橋をあまた架けたる小川にて
　　君が家へは五つ目の橋

川田は俊子の夫、中川与之助とも面識があったので、気楽に俊子を訪ねた。俊子の子ども達とも親しくして、ひんぱんに俊子の家を訪ね、家庭の味を楽しんだ。

俊子の夫は全く、二人の心根には気づいていなかった。

その後、昭和二十一年二月から、川田が東宮御所に通うようになる。皇太子殿下（現上皇）の作歌指導を任命されたのだった。

川田は御所に通うため、数日間京都をはなれるようになった。俊子は川田の顔が見られないと寂しくて仕方がない。東京で川田が無事かどうか確める方法さえないのだ。じっと川田の帰りを待った。

しかし、この時、俊子の夫は不思議な事を言った。

「皇室と関わる人と知り合いである事は、何かの役に立つにちがいない」と。

しかし、まだ俊子の心の動きには気づかずにいた。

川田が東京からもどると、俊子はいっぺんに仕合せになる。

「先生が東京に行っておしまいになると、私は哀しいんです」

と俊子は言った。体全体で川田への愛を告げるのだった。

いつよりか　君に心を寄せけむと
　さかのぼり思う三年四年を

と、川田は後に書いた。この「先生が東京に行ってしまうと……」を聞いた時も川田の心は俊子によりそった。

戦争はすでに終っていた。敗戦国となった日本の中で、二人の恋は静かに燃えていた。

川田は東京から帰ると俊子は体いっぱいで喜びを表わした。それが川田には可愛い。可愛くてたまらないのだ。

川田は皇太子がどんな歌を作り、どんな話をしたのか、克明《こくめい》に俊子に語った。

まず始めて、赤坂離宮に参殿した日の感激を川田は歌った。

歩み来し道の長手をかへりみて
　今日のこの日に心泣くわれは

歌びとと生き来しことに思い到り
　畏《かしこ》けれどもうけたてまつる

川田がこれほど、このお役に感激するのには訳があった。

父、川田甕江《おうこう》が晩年、当時の東宮殿下（昭和天皇）に侍して、書を講ずるという光栄を担ったのだ。

一家の者はこの栄誉ある父に対して、歌の道にのめり込む川田順のふがいなさを非難したものだった。

それ故に、父と同じく、参殿を許された事がありがたいのだった。

その川田が、

「皇太子さまは、やはり才能がおありになるんだね。時々大変いいお歌をお作りになった」と言う。

俊子は思わず「どんなお歌をお作りになったの？」と聞いてしまった。

うち寄する波の如くに思うかな
　信国いまはいかにおるらむ

などよいだろうと川田は答え、さらに言う。

「信国《しんこく》というのは皇太子様の身辺のお世話をする一人だったが、何かの事情があったのか、いなくなってしまった。皇太子様は信国が好きだったのだね」

皇太子様はまだ小学生だった。信国を思うこの少年の心を川田はたまらなく愛《いと》しいと思う。皇太子も川田の心が分かった。

二人は気持が通じたので、作歌の時間はたまらなく心楽しい時間だったのだ。

こんなにも、この参殿を喜びとしていたのだが二年後、俊子との問題が世間に知れ渡ると、川田は自分からこの仕事を辞退申し上げた。

最後の日、皇太子殿下は車寄せまで川田を送って来てくれた。

二、相寄る魂

東京から帰る川田を心いっぱいで迎える俊子にとって、彼と会えるだけで仕合せだった。一方、世の中は戦争が終って、厳しい歳月が流れていた。

俊子の夫は戦争中にナチスの研究などしていた事が知られて、公職追放となり、京都大学を追われていた。中川にとって、気に入らない事態だった。

その頃には中川はさすがに俊子の川田に夢中になる様子に気づいたが、川田がこんな女を本気で相手にするとは思えなかった。

一方、川田は戦争中、「愛国歌」を集成した「愛国百人一首」をまとめている。歌を作り歌を愛する事で、戦争を応援するという生き方は多くの歌人が生きた道だった。

戦後、多くの名士が戦犯の罪を問われた時、川田自身も自責の念にかられ、自分も戦犯者だと、自ら定めていた。

日の本の昨日と今日のへだたりは
　千年の如くおぼゆるものを

川田はそんな世を歌った。

そして、彼が戦後、最初に手をつけたのは「新古今和歌集」の研究だった。その研究の助手として俊子を採用したのだった。

「新古今」が何であるかも知らない俊子に一から教えて、川田は俊子を自分の世界に引きずり込んだ。

わずかながら、川田は俊子に給料を支払った。

それは失業中の中川にもありがたい事だった。しかも妻が「新古今和歌集」の助手などという仕事は中川の虚栄心を満たすものでもあった。それが恋する二人の隠れ蓑であるとは思いも至らなかった。

俊子はただただ、川田のそばにいられたら仕合せだった。川田も同じだった。後に世間の人は、二人の接近はこの「新古今」の手伝いの故にちがいないと噂したが、その以前、戦前からの深い心の近づきがあったのだ。

そんな二人が始めて、遠出をする事になった。行く先は京都伏見、竹田の安楽寿院だった。「西行《さいぎょう》」の研究もしていた川田は俊子に安楽寿院を見せたかった。この日、俊子はうれしくて、朝から心はずんでいた。

家族には嘘《うそ》をついての外出であった。

川田は学校の先生が生徒に話すように、俊子をここにいざなった本当の訳を話してくれた。郊外を走る電車の中で、西行の生き様について説明してくれる。

西行はもと北面の武士であった。鳥羽院に仕えていた。ある日、御簾《みす》の小さなすき間から見えた美福門院に恋をした。

しかし、美福門院は鳥羽天皇の后《きさき》である。かなわぬ恋に心を痛め、出家して僧になったという話である。

「好きというのは船なのじゃ
無名長夜《むみょうじょうや》を超えてゆく船なのじゃ
これは西行の言葉だよ」

川田はそう言って、目をつぶった。

「今日行く安楽寿院は鳥羽上皇が造営したものだよ。鳥羽上皇も気の毒な人でね。美福門院を非常に愛していたから、ここ鳥羽の地に比翼《ひよく》の塚をお造りなったのだよ。

しかしお后の美福門院は天皇の御意志に肯き、高野山に埋めて欲しいと遺言された。高野山には西行が埋葬されていたのだよ。

鳥羽天皇の造らせた比翼塚には美福門院の御子であり、鳥羽天皇をついだ近衛天皇が早世されたため、ここに埋められた。

鳥羽天皇の思いはとげられなかったが、今もその御陵はあるのだよ。今日お参りに行こうね」

五月の風はたっぷりと新緑の匂いを運んでいる。二人は安楽寿院の広縁に座って、おのおの持って来たお弁当を食べた。うららと日の当る中に小堀遠州作の庭が輝いていた。

子どもの遠足のようで楽しかった。川田と遠出が出来た事が俊子にはうれしかった。

やがて、鳥羽のまわりに夕暮がせまって来た。「帰らなければ」と俊子は口に出した。

仕合せな時はアッという間に過ぎてしまった。そそくさと二つの御陵に手を合わせて、安楽寿院を後にした。

そして昭和二十二年の初夏の事だった。ある夕暮時、二人は法然院の大書院の裏の土手に座っていた。

あたりは次第に暮色に染《そま》り、夕日も間もなく消えようとしていた。

いつになく、無口に静まり返っていた川田が突然、言った。

「俊子が好きでたまらない。毎日逢いたい。一日中逢っていたい。もう離れられない」

「ボクについて来て下さい。何があってもボクについて来て欲しい」

俊子はうつむいて、じっと彼の言葉を聞いていた。そして、顔を上げるときっぱりと言った。

「主人には申し訳ないのですが、致し方ありません」

それが俊子の答えだった。

それを聞くと、川田は空にツエを振り上げて、

「うれしいぞ、うれしいぞ」

と叫んだ。

そして、二人の恋は宿命の愛で、ほかの者にはどうする事も出来ない恋なのだ、と川田は言った。

俊子はすでに、その宿命の愛に身をゆだね、流れに身をまかせ、

川田と共に生きて行く決意は出来ていた。

「愛し合うというのは何と仕合せな事だろう」。

そういう人に出会えた喜びを体いっぱいで感じていた。

その頃には、俊子の夫、中川与之助もさすがに、俊子の不倫に気づいて、不機嫌に不満をぶちまけていた。

それでも、まさか俊子が家庭を捨てて、その恋を達成しようとは思ってても見なかった。どこまでも俊子を「バカな女」と決めつけていた。つまらない女だと思っていた。

俊子の心残りは子ども達の事だ。長女はすでに嫁いで新しい家庭を築いていた。

下の二人はまだ中学生と小学生だった。母の手が必要な子どもである。その子等の寝顔を見ながら、俊子は自分が鬼ではないかと思った。

この可愛い子等を捨てても、愛に生きたいと言う自分は一匹の鬼であると思った。

これまで夫との不協和音に満ちた暮らしの中で、子どもへの情愛は生きる支えであった。

「この子等がいるから生きて行ける」

と俊子は思っていた。

でも俊子は今、鬼になった。鬼になって愛を貫こうとした。子ども達に心の内で手を合せて、俊子は自分の生き方に踏《ふ》ん切りをつけた。

数日後、俊子は川田に言った。

「どこまでもあなたについて行きます」

そして、小さな詫状を残して、俊子は家を出た。「死んだと思って下さい」と俊子は書いた。自分でもこれまでの自分は死んでしまったと思っていた。

家族が不自由するのは目に見えていた。「家事は誰がするのか？

子どもの世話は？」などと次から次へと心配事は浮んで来る。

それでも俊子は自分の決意を実行した。そして、母の家に身を寄せた。実家にもどった訳である。実家にもどると言っても京都東山の西の麓《ふもと》から東の麓に移るだけの事だった。

小さな山一つ越えただけの事だが、俊子にはこの事できっぱりと自分の生き方にけじめをつけたつもりだった。

今まで営々と築いて来た家庭を捨てて、身ぐるみ脱いで裸になって、新しい人生を生き直そうとしたのだ。

川田はこの俊子の決断を涙をこぼして喜んだ。

中川与之助との離婚が成立したのは昭和二十三年の事になるが、川田と俊子の恋については京都の周辺では大変な噂になっていた。

中川の友人達や川田の友人達は次々、川田を訪れて、川田の目を覚まさせようとやっきになった。

「よく考えて見ろ。自分のトシを考えろ。いまさら恋でもあるまい。

このまま平穏な老後を送るべきだろう」

忠告は川田の行く末を心配して、あの手この手で、川田を思いとどめようとした。

「常識的に考えても見よ。七十歳近い男が四十前の女性と一緒になろうなんて、そんなバカな事があるものか」

友人達の助言は、真から川田を思っての言葉ばかりだった。中川の友人達は、俊子を奪われた中川の苦悩を伝えた。

「平穏な家庭をこわすのだぞ」とおどす者もいた。

川田には全て、分かっている事だった。分っていながら「こう生きねばならないのだ」と腹の中で思っていた。

川田の養子、周雄夫妻の猛反対も大変なものだった。川田が独り身で寂しいからこういう事になったにちがいないと、後妻の候補を見つけ出したりもした。

三、老いらくの恋

若き日の恋は　はにかみておもて赤らめ
壮子《おさ》時の四十歳の恋は
世の中にかれこれ心配《くば》れども
墓場に近き　老いらくの恋は
怖るる何ものもなし

川田順

ただし、「老いらく」と言う言葉は川田の造語ではない。古く「伊勢物語」に業平朝臣《なりひらあそん》の歌として、

さくら花　ちりかひくもれ老いらくの
　来むといふなる道まがふがに

川田はこの歌から「老いらく」という言葉を見つけ出し、自分達の恋にかぶせたのだった。

老いても人は恋をするものだ、と川田は言いたかった。

その「老いらくの恋」が日本中に知れ渡る日が来る。

昭和二十三年十二月二十四日の朝日新聞社会面に大きな見だしをつけて「老いらくの恋は怖れず」と書き出された。

この記事を書いたのは朝日新聞出版局長嘉治隆一だった。

川田と俊子は周囲の者達の噂と、虚実とりまぜた話の渦の中で、身動きとれなくなっていた。俊子と中川の離婚は成立していたが、即、二人が一緒になる事は出来ない。

家庭を捨てた悪い女として俊子は人々の中傷のまととされる。それでは二人は仕合せになんかなれない。

川田はこの泥沼から這い出す道を考えあぐねた。それが自らの失踪という決断だった。

川田は谷崎潤一郎を始めとする知人に手紙を書いた。

「老いらくの恋」の詩も書いて、恋に準じて身を失するが、さがさないで下さい。

というような手紙だった。

川田は朝日新聞の嘉治にも同文の手紙を送った。

嘉治は必ず新聞に発表してくれるだろうと信じていた。どうせ知られるものなら、かくし切れないものなら、大新聞によって大々的に、正確に伝えて欲しいと川田は願ったのだ。

嘉治を選んだのは最も尊敬出来る新聞人だったからだ。

戦争が終って、まだ三年目である。人々は貧しいながら、苦しい戦争から解放され、自由な生き方を求め始めていた。

「六十すぎのじいさんが恋をしたんだってよ」「二十七も年下の女

だってよ」「いい気なもんだねぇ」「いい世の中になったもんだねぇ」

「老いらくの恋」は流行語のように人々の間を走りぬけて行った。年寄達はなんだか心暖まる気持で「老いらくの恋」を受け取めた。

一方、川田失踪は捨てておけぬ事態であった。八方手は尽くされた。

家を出た川田は十二月三十日、亡妻の墓の前で自殺をはかった。血にまみれた川田の体が俊子のもとに運ばれた。俊子の必死の看病が始まった。京都の川田が住んでいた小さな家は連日、新聞記者が訪れ、川田の容態を案じた。

当時、産経新聞京都支局に司馬遼太郎もいた。後に司馬は「老いらくの恋」という見だしは自分がつけたもので、流行語になったとしているが、それは記憶違いであると、当時を知る報道関係者らに否定されている。

俊子の必死の看病のおかげもあって、川田は日に日に回復し、健康を取りもどした。

新聞発表と川田の自殺未遂は、言って見れば川田と俊子の恋のみそぎであったろうか。

川田が失踪の挙に出る前に、決意の気持を書き送った中に徳富蘇峰や斎藤茂吉がいて、彼らは二人の恋を応援する。「君達はなんらまちがってはいない」と応援してくれた。

特に斎藤茂吉は永井ふさ子との真剣な恋に苦しんでいた。茂吉五十二歳、ふさ子二十五歳で出会う。二人は恋におちるが、結ばれる事は出来ない。茂吉は斎藤家に婿養子として入り、斎藤病院の院長におさまっていたのだ。簡単に離婚など出来ない。二人は苦しみながら互いに手紙を書いた。

そんな茂吉だから、川田の生き方にはがぜん応援したくなったのだろう。「君たちはまちがっていない。心から応援する」と書いてくれた。後に歌人仲間でも川田を中傷する者があると茂吉は川田を身をもって、かばってくれた。

徳富蘇峰も川田の生き方を支持してくれた。

「うれしいねぇ。こんなに偉い人達がボク等を応援してくれるのだよ」

しみじみと川田は言った。子どものように川田は喜んだ。「俊子、がんばろうね」とも言った。

その頃には俊子の離婚成立から半年が経っていた。二人は半年間の再婚禁止期間（待婚期間）を経て、晴れて結ばれる事が出来る事になった。（現在は待婚期間は百日になっている）

川田は結婚を急いだ。中途半端な立場に俊子をいつまでも置いておく訳にはいかないのだった。

昭和二十四年三月二十三日、二人は晴れて結婚式を挙げた。「この世にこんな小さな結婚式があるとは」と人が見たら言うだろう。

しかし、二人には十分だった。川田は苦心して、仲人さがしから始めなければならなかった。

中外日報社主の真渓涙骨《またにるいこつ》が買って出てくれた。真渓も川田達の支援者だった。

結婚式の出席者は川田の親族は養子の周雄だけ。俊子の親族は俊子の母親だけだった。つまり仲人と本人達ふくめて、たった五人の出席者だった。

俊子は持っている着物の中で一番上等なものを選んだが、花嫁にしては地味な装いだった。

式の後は鳥居本のおかもと旅館で会食をした。おかもと旅館のおかみの親切でこの日の会食代はタダになった。

この後、二人はどんな暮らしをするのか想像も出来ないが、ご好意はありがたかった。

俊子は夢のようだった。川田への愛が実ったのだ。

「何があってもついて来てくれますか」と川田があの夏の夕暮、お寺のかげで言った日から二年が経っていた。

その間、色んな事があった。もみくちゃにされるような激動の日々の中で、二人は愛を貫いた。

子ども達との別れという切ない峠も越えて来た。後に俊子はこの頃のことを、

わが行手一つに決めて君と来つ
心強しと人言ふらむか

と詠った。何を失っても、ただこの人と共に生きたいと心に決めて、歩いて来た。

いま小さな結婚式が行なわれ、小さな宴の時が流れる。世界中の人が笑ってもよい。二人は結ばれたのだ。川田は答えた。

世の人ら耳そばだてて居るものを
いつより君を妻とよぶべし

結婚式を挙げた年、川田は六十七歳、俊子は四十歳。花婿、花嫁、

充分に老いていた。

それでも何でも「老いらくの恋」は花開いて実を結んだ。二人は仕合せだった。

明日、二人は京都を捨てて旅立って行く。どうしても二人が京都にいられなくなったのは、養子の周雄夫妻の言葉だった。

「京都をはなれて下さい。どうか遠くへ行って下さい」

「京都に居られては困ります」

まるで犯罪者のような言い方をされた。

京都で生れ、京都で育ち、京都しか知らない俊子にとって、生れ故郷の京都と別れなければならない事はかなり辛い事だった。京都をはなれるという事は子ども達の顔を遠くからでも見るという事もかなわないのだ。

しかし俊子は愛する人と一緒に生きられるなら、地球の果てにでも、どんな所にも行けるのだと、別の心で思っていた。

もう京都に未練はなかった。前を向いて行く。どこまでも、川田と共に生きて行く。

二人の行き先は関東の国府津《こうづ》という所だった。川田はこの国府津という所に二人で住める家が見つかったと喜んだ。

例の朝日新聞の嘉治の世話だった。嘉治の部下に神谷諦雅《たいが》という人がいた。この人は国府津の名刹、宝金剛寺《ほうこんごうじ》の住職の息子だった。住職が懇意にしている近くの別荘の名取氏に話して見ると、はなれが一つ空いているから使ってもかまわないと言ってくれた。

嘉治は早速そのはなれを見に行った。そのはなれというのは美事な茅葺屋根の建物で味のあるものだった。「これなら、川田さんも気に入るだろう」と納得して話を進めたのだった。持ち主の名取和作とも面談した。

名取和作という人は富士電機製造会社の社長であったが、時事新報社社長　慶応大学経済学部教授などをつとめ、海外にも明るく、国府津にこの別荘を大正一年に建てたのだった。名取はこの家を非常に愛してここに住んだが、名取の妻はここを嫌いなかなか来なかったそうだ。

ちなみに名取の妻ふくは実業家朝吹英二の長女で、大叔父が福沢諭吉という名門の出だった。

見知らぬ土地へ行く。俊子は少し緊張していた。明日、旅立つと思えば胸はしめつけられるようだ。

京都での最後の夜もあわただしく過ぎて行く。貴重な時間だと思うのだが、大きな荷物の送り出しや、手もとのすぐに必要な荷などと仕訳せねばならなかった。

二人の心は明日に向って、急いでいた。

四、旅立ち

「さあ、東下りと行こうじゃないか」
と、川田は大きな声で言った。小さな結婚式を挙げた翌日だった。
春先の京都はまだ土の上にうっすらと霜を置き、空もくもってい
た。「傘を忘れちゃいけないよ」と言ってから、川田は「負《お》われる
者は旅立ちを選べぬと言うからね」と言う。
近松の作品に出て来る有名な言葉だそうだ。セリフとは反対に楽
しそうだ。
二人は傘と風呂敷包みを持って、京都駅に急いだ。見送りは俊子
の長女M子と川田の友人が一、三人だった。M子はもう泣きそうな

顔をして去って行く母を見ていた。

いよいよ列車が出る時、M子はそっと俊子に手紙を渡した。そして小さく「お元気で」と言った。上り列車は出発したがまっすぐ国府津に行くのではなく、二人はあえて静岡や藤沢など川田の知人の家を泊り歩いた。新聞記者の目をごまかすためだった。行く先々で二人はよくしてもらえた。

困った時ほど人の好意が身にしみるものだ。後になって分かった事だが川田という人は人とのつきあいを大切にする人だった。

いま困っている川田に救いの手を伸ばしてくれるのもそういう仲間だった。

静岡でも藤沢鵠沼でも親切にしてもらった。ようやく三日目に国府津に着いた。片田舎と思っていたが、駅も町も立派だった。

二人が傘と風呂敷包みをぶら下げてプラットホームに下り立った時、反対方向で停車していた列車の窓から二人の事を見ていた女性がいたが二人は気づかなかった。その人が若山牧水の妻喜志子である事はずっと後に分かる。

かなり遠いと聞いている名取別荘まで急がねばならない。車を使わなかったのは金が惜しいからだ。鎌倉の川田の妹が自家のお手伝いのテルさんをよこしてくれた。そのテルさんと途中で会って一緒に向かう。

名取別荘は国府津駅の西方、そして丘の上にあった。このあたりを今も岡という。

門から三十五段を上った所に主屋《おもや》も離《はな》れもあった。川田達はその離れをお借りするのだ。庭も広く、七千坪もあるそうだ。

主屋も離れも藁葺《わらぶき》屋根の風情のある建物だった。

広い庭にはあちこちに泉が涌いていてみごとだった。名取はその家を「掬泉居《きくせんきょ》」と名付けていた。

主屋の名取和助はその日も窓辺の日だまりの中で本を読んでい

た。

「いずれ、庭内をご案内しましょう」と二人を気持よく迎えてくれた。

「よい所が借りられてよかったねぇ」と川田は言う。「よかった。よかった」「天下のおたづね者にしては上出来、上出来。」とご機嫌だ。しかし俊子はハタと困った。この家は確かにすばらしいが、台所がない。ガスも水道もない。お風呂がない。

お茶いっぱい飲むにも七厘で火をおこして沸《わ》かさなければならない。テルさんがよい人で気のまわる人だったので手伝ってもらって、どうにか夕飯の用意までは出来た。

京都から届いていた荷をほどいて、夜具を取り出さなければ、夜寝る事も出来ない。

たった二間の離れだから、川田を寝かせ、隣室に俊子はテルさんと枕を並べて寝るのだった。フトンに入ってから俊子はもう一度、娘のM子がくれた手紙を読んだ。汽車の中で読んだのだけど、もう一度読みたかった。

とうとうお別れしなければならない日が参りました。

遠い関東にお母様だけ行っておしまいになるとは夢にも考えないことでございました。長い長い苦悩をみつめて、今お送りする私の心は唯感慨無量でございます。そして溢れる涙は悦びの悲しみの最も深刻なもののようです。遠く離れてもお母様はいつまでも私達のお母様でいて下さいませ。今どんなに苦しい日が続きましても、お互いに強く強く生き抜いて行く事を誓いますと共にお母様にもかたくお願いしたい気持でいっぱいです。

お慣れにならない東の地でどんなにお暮らしになるかと思うと、また涙が出て参ります。

M子

フトンの中で俊子は泣いた。娘のやさしさが身にしみた。いつの間にM子はこんな手紙の書ける人間に成長したのだろう。自分の事にかまけて、M子の結婚にもていねいな事をしてやれなかったのに。

彼女はこんなにも母の事を心配してくれる。

「ごめんネ。Mちゃん。悪いお母さんなのにこんなにやさしくしてくれて、ありがとう」

フトンの中で手を合わせた。

この子等のためにも俊子はしっかり生きねばならないとあらためて思っていた。

子ども達やまわりの人々にかけてしまった迷惑など決して償《つぐ》なえるものではないが、しっかり生きねばと思うのだった。

「Mちゃん、お母さん、がんばるからネ。そしてこの国府津で仕合せになるからネ」と俊子はあらためて娘に誓うのだった。

翌日から俊子の奮励努力が始った。テルさんも家に帰らなくてはならず「奥さま、お一人で大丈夫でしょうか」と言いながら、帰って行った。

庭に落ちている木々の切れ端を集めて、七厘の火をおこす。買物に町まで走る。庭の竹樋から水をすくって洗濯をする。それを干す。一日中動きまわって、やっとどうにかその日が暮らせる。

庭の花々が美しいのだけど、ながめる時間が惜しい。海の音が聞こえているがまだ散歩にも行けない。

三十五段の石段も難物だった。玄関に人が来ると、三十五段を下る。そしてまた上る。

毎日が階段との格闘だった。

夜になるとへとへとになる。

そんな俊子の日常を見て、川田は主婦とは何と大変なものか、と驚くのだった。子どもの頃から裕福な家庭に育ったので、常にたくさんの使用人がいた。何もかもを彼等にしてもらった。家族が家事をする姿など見た事もない。

結婚してからも前妻は女中まかせで家事など全然しなかった。

いま、二人の日々を支えているのは俊子の労働力だったのだ。

「可哀想に」「申し訳ない」と川田は思った。「自分も何かしなければ」と思い、「そうだ。外まわりの仕事はボクがやろう」と買って出てくれた。

買い出しや郵便局の仕事などを川田は引き受けた。

お坊ちゃん育ちの川田が買い物カゴをぶら下げて、国府津の町を歩いて行く。

町の人はそんな川田を見て「あれが老いらくの恋のダンナさんよ」と噂した。

川田にその噂話《うわさ》は聞こえていたが平然としている。

戦後やっと三年、まだ何もかもが不足していた。

松ボックリが良い燃料になると聞くと、川田は山に入って、松ボックリを拾った。カゴ二杯もとれた日は半分を主屋の名取の家の前に置いて来た。

「先生、そんなに働いて大丈夫ですか。ご無理なさらないで下さいネ」俊子は気が気ではない。

海辺で魚が上ったと聞くとバケツを持って買いに行った。アジが漁《と》れるようになると二人の食卓は明けても暮れてもアジだった。

二人はギリギリの暮らしをした。

「こんなに貧乏とは思わなかったかい」とある時、川田が言った。

わが妻はわれを富めりと思はねど

貧しともはたおもはざるらし

「何があっても、先生について来ました。先生と暮らせて、仕合せです」

と、それが俊子の返事だった。そんなある日だった。川田はふらりと東京に出た。夏の日だった。海がまぶしいほど輝いていた。

東京に出た川田が帰って来た。

「君の籍を入れて来たよ。日付けは今日、ボクの孫《まご》の誕生日にしておいたよ」と何でもない事のように言って、いつものようにちゃぶ台の前にすわった。

その日は昭和二十四年八月二日だった。

「もう妻とよべるぞお」と川田は子どものようにはしゃいだ。

京都に住む孫がこの日、一歳になったのだ。この日を選んで、川田は俊子の籍を入れて来た。本籍《ほんせき》のある小石川の役所まで行って来たのだった。

「まあ、先生ったら」

俊子は思わず涙ぐんだ。川田の思いやりがうれしかった。

この東の国の小さな田舎町の山のふもとの小さな家で、二人は炎のように燃えた恋心をしずめて、心豊かな大人の生活を生きようとしていた。

「先生が好きだから、どんなに貧乏でもついて来ました」

俊子はもう一度言った。

二人の関係が世間の好奇心のまとになり、多くの識者が「非常識だ」と批判のつぶてを投げた中で二人の先生、徳富蘇峰と斎藤茂吉は川田達の生き方を応援してくれた。

関東に来た以上、この二先生をお訪ねしたいと二人は早くから話し合っていた。「少し落着いたら伺おうね」と話していた時だった。

ある日、見知らぬ中年の男性が玄関に現われた。

「熱海の晩晴草堂から参りました。蘇峰先生のお手紙です」と封書を差し出した。

塩崎彦一であった。蘇峰の秘書であり後に二宮の徳富蘇峰記念館の館長となった人である。

手紙には「近くに来られた事は喜ばしい。あなた方の事は自分には理解出来ます。ぜひお目にかかりたいと思う。一度、来て下さいますか」と記されてあった。

二人は飛び立つ思いで、伊豆山の晩晴草堂に出かけたのだった。

俊子にとっては関東に来て以来、始めての外出だった。あの安寿院に出かけた事を思い出す。熱海の駅についたらすぐに南の風が吹いて来て、二人をふわっと包んだ。

晩晴草堂は風格のある建物だった。この時、蘇峰は八十六歳、悠々自適の日々を送っているように見えた。

ところがそうではなかった。蘇峰は戦前から「国民新聞」を発刊し日本人の思想をリードしていた。終戦後、戦犯容疑《ようぎ》とされた蘇峰は老齢のため、自宅抱禁とされ、熱海に蟄居していた。この時蘇峰は、戦前受けていた文化勲章を返上している。

そして、終戦以来中断していた「近世日本国民史」の執筆を続けていたのだった。

昭和二十七年には完成するが、出版されたのは昭和三十二年の没後。そして昭和三十八年、孫の敬太郎による出版で全巻が完成された。

蘇峰は若い時からジャーナリスト、評論家として、常に自分の考えを主張し、国民の幸福を第一に考える思想を貫いて来た。百万の敵を相手にしても自分の考え方をまげようとはしなかった。

そんな蘇峰の生きて来た道程を俊子は川田から教えられた。常に自分の頭で考え、周囲の意見に流される事なく生きて来られた方だから、川田と俊子の行動も暖かく受けとめて下さったのだろう。俊子は心よりありがたく思った。

海の見える広縁の大きな安楽椅子に体をうずめて、蘇峰は二人を暖かく迎えてくれた。

蘇峰は川田に「今後とも一つ事に身を入れてするように、自分をまげないように」と深い意味の話をしてくれた。

俊子には「偕老《かいろう》同穴が理想ですが、そうも行かないでしょう。あなたが残るでしょう。その時、あなたは清く生きて下さい。川田君のおもかげを慕いながら」と言う。

深いお言葉だと俊子は思った。川田と俊子の逃避行はどちらかの死の日に完了するのだと教えられたと思った。

帰りしなに「記念にお持ち帰り下さい」と、立派な硯と軸を渡された。それは非常に高価なものだそうだ。川田も恐縮していた。

その上、玄関先で「ステッキもお持ちなさい。やがて必要になるでしょう」と台湾産の赤い彫刻のある杖を川田にくれる。

これまで、ムチで打たれ、石を投げられるような目にばかり会って来たので、二人は蘇峰のやさしさに身の置き所もないのだった。

二人は仕合せだった。

夏の日々、箱根強羅に滞在している斎藤茂吉を訪ねたのも間もなくだった。

箱根登山鉄道にゆられて、終点の強羅まで行く。この日も二人は遠足気分だった。車窓にあじさいの花が見えていた。

強羅に着くと、箱根の冷気が二人をおおう。

電車を下りると、何と茂吉が迎えに出てくれていた。何時の列車で着くのかも分らないのに、ベンチに座って、笑っていた。二人はもうそれだけで感激してしまった。

茂吉の山荘は思ったより質素だった。

子息の宗吉（後の作家北杜夫）が茂吉と同居して、食事の世話など身のまわりの仕事をしてた。

茂吉はこの年、川田順と同じ六十七歳だった。「川田君と積《つ》もる話がある。宗吉は奥さんを強羅公園にでもご案内して」と茂吉は俊子を追い出しにかかった。

俊子は学生服の宗吉の後を追って外に出た。しかし戦時中破壊され、大きな石がごろ〳〵と荒れ放題の強羅公園はがっかりだった。

大正三年に完成した日本で最初のフランス式公園という事だったが、見るかげもなかった。有名な茶人の茶室があるとの事だったが、入る事は出来なかった。

後に茂吉の歌碑「おのづから寂しくもあるかゆふぐれて　雲は大きく谷に沈みぬ」が建つし「斎藤茂吉記念館」も出来るのだが、まだ見るべきものは何もなかった。

それでも美しく整ったフランス式公園を想像して俊子は楽しんだ。忘れられたように庭園のすみで咲いている遅咲きのバラやつつじを見つけ出して楽しんだ。

散策を終えて、もどって見ると、二人の男性はまだ話に熱中していた。

「どんなお話をされたのですか」と俊子が帰途たづねると「男同志の秘密だよ」と川田は笑っている。そう言ったくせに帰りの電車の中でゆっくり聞き出すと、「歌壇の中で川田の今回の騒動を悪く言う奴がいる。歌壇全体の不名誉だなんて言うんだ」と、先生は怒っていたと言う。

そして、そう言う奴は川田が新年歌会始めの審査員をしている事にも反対で、やめるべきだと言う。

「しかし、川田君、決してやめないように。少しも怯《ひる》まぬように。堂々としていなさい。何も悪いことをしている訳ではない。人間として、愛に生きたんだ、と応援して下さったのだよ。ありがたいネ」

と川田は語った。

その後、夜になってから、川田はその日、茂吉と話した本当の話を聞かせてくれた。

茂吉がたずねたのは男女の年齢差についての事だった。女性を満足させられるかどうか。

茂吉先生は愛弟子の永井ふさ子と愛し合っていた。茂吉とふさ子とは二十四歳の年齢差があると言う。その事を悩んでの川田への質問であったらしい。

後には茂吉没後、ふさ子が二人の愛の手紙を公開して、その愛の深さに読む者を感動させた。

ところで川田の答えはどんなものだったろうか。

谷崎潤一郎は作品「少将滋幹の母」の中でさりげなく、「近頃、有名な歌人が二十歳以上年下の女性と恋に落ちた話があるが、男として、よほど自信があるのだろう」などと川田達のことに触れている。作品は老いた男が若い女性を愛する苦悩を描いている。年若い女性を愛してしまった老人の話である。

俊子は川田の話を聞いていて、何と男とはやさしいものかと胸を打たれた。

愛される女の幸福を思うのだった。

五、国府津にて

二人の国府津暮らしは、早くも一年を過ぎた。買い物にも家事にも不便な日々だったが、二人はそれを苦労とも思わず、町の人々にもなじんだ。特に川田は子ども好きだったので、すぐに国府津の子ども達と仲よくなった。川田は自分の子どもを持たなかったが、子ども好きだった。

国府津の町で、買い物かごを放り出して、路上で子ども達と遊ぶ川田の姿がよく見られた。後々《のちのち》もこの頃、川田と遊んだ子ども達が成人して、当時を懐しんだり「そんなに偉い人とは思わなかった」と言う。

ところで二人が住んだ国府津とはどんな町だったのだろうか。

かつて、ここは海と山に囲《かこ》まれた気候温暖な眠ったような村だった。その国府津が突然繁栄の地に生れ変わる時が来た。明治二十年のそれまで新橋—横浜間を走っていた東海道線の鉄路が伸びて、西へ進んだ。国府津まで来たのだ。そしてここが終着駅になった。

ここまで来た旅人はもっと西に進むためには馬車鉄道か舟の旅となった。終着駅国府津で一泊する必要が生れた。

アッという間に二十数軒の旅館が出来る。「国府津館」はどこよりも早く出来、明治の文学者や実業家の常宿になった。現在も残る名旅館である。

旅館が立ち並び荷馬車屋が出来、茶店が出来る。国府津は一夜にして繁栄の町となった。

それと同時に、風光明媚であるとの評判から別荘を建てる都会人が増えた。

時の総理大臣大隈重信が国府津駅近く、前川の山麓に別荘を建てたのが明治四十年のことだった。七十歳近い大隈は若い時、反対派の青年に爆撃され右足を失っていた。大隈は国府津の朝日が水平線から上ることをことのほか愛して、この地を選んだのだった。

大隈は東京から来る時は、国道の前川村大門あたりで車を下りて、籠《かご》に乗りかえる。籠にゆられて、前川の山を上る。村の子ども達はそれが珍しくて行列の後をぞろぞろとついて行ったそうだ。

徳川の幕臣大鳥圭介は明治二十五年に国府津に別荘を作った。十五代将軍徳川慶喜は部下の大鳥の別荘が気に入って、長期にわたり滞在し、毎日、近辺を散歩するのが日課だったそうだ。

当時の上流の人達の間で、西洋人がするという散歩を健康のためにするのが流行っていた。後に「徳川慶喜公の散歩道」（夢工房）という本を著わした奥津弘高がていねいに取材して書いている。

慶喜は散歩の最後に国府津館まで来て、朝食を食べるのが日課だったそうだ。

川田と俊子が身をよせた名取和作の別荘もそんな流れの中で生れている。川田は国府津の人々から、大隈や慶喜の話を聞いた。

やがて、戦争が激しくなると、東京は危ないと言うので、別荘地は疎開地に変わった。太平洋をまっすぐ飛んで来る米軍機は富士山をめじるしにするのだろうか、直角に曲る。何機も何機もやって来て、東に向う。国府津で爆弾を落す気配は全くない。

別荘に疎開していた人々ものんきに空を見上げたりしていた。

後に国鉄総裁となる十河《そごう》信二も戦後そのまま国府津に住んで農作物を作っていた。公職追放になり、仕事が出来なくなっていたのだ。

ある日、川田の家に十河が突然現われた。「庭で出来た野菜だよ」とたくさんの野菜と缶づめなど持ち切れないほど、抱えて十河は石段を上って来た。

十河は実に気さくな暖《あたたか》い人柄だったので、川田は喜んだ。町の人は十河の妻が川田と同じように買物カゴをぶら下げて、歩いているのを見た事がある。十河信二がどれほど偉いかも知らなかったから、十河夫人を特別視《とくべつし》する事はなかった。

川田は十河と急速に親しくなった。十河の別荘も名取別荘に近かった。十河が川田達の逃避行を色めがねで見ていない事はすぐに分かった。

そんなある日だった。見知らぬ青年を連れて十河がやって来た。青年は十河家に入ろうとした〝こそ泥〟であると言う。

〝こそ泥〟は東京で暮らして行けなくなって、故郷に帰ろうとした。東京駅でありったけの金で切符を買ったが、国府津までしか買えなかった。それで泥棒に入って、切符代を手に入れようとしたのだと言う。

十河は川田の前でその男に、にぎり飯と切符代を渡し、「これでちゃんと家に帰りなさい。悪い事はもうしないように」と言った。

つかまえられたのに罰せられもせず切符代までくれる親切な人を若者はじっと見つめていた。そして深いおじぎをして帰って行った。川田も心から、彼が無事に帰れるように祈った。戦争が終って四年目のことだ。

「ああ言う者が東京にはウジャウジャいるのだろうよ」と十河は言って「泥棒に追銭《おいせん》だ」と二人は笑った。川田はまた十河を好きになった。

一方、もう一人の国鉄総裁石田礼助も、戦後国府津で公職追放の身で農業を本格的に営んでいた。

外でばったり川田に逢った。いきなり石田は「野菜を取りに来なさい。何でもありますよ」と言い、「畑に来て好きな野菜をお取りなさい」と初対面の川田に言った。

川田は言われるままに、石田の畑に行って好きな野菜をあれこれ頂いて来た。それからも何回も頂きに行った。

俊子は「それではあんまり申し訳ない」と言う。川田は色紙に自らの歌を書いて届けた。

それにしても第四代総裁十河信二、第五代総裁石田礼助と二人の国鉄総裁が国府津に住んでいた事になる。

国府津館の末裔《まつえい》簑島恭夫氏に私（著者）は言ったことがある。「国府津ってすごかったんですネ」彼もうなずいてくれた。

そんな町に住みながら、二人は相変らず貧乏だった。貧しかったが楽しかった。

俊子は庭のすみにナスの種をまいた。

　庭のすみに妻が作りし赤茄子は
　　幾つ取りけん　今日にて終る　順

野原の〝のびる〟を手が匂うまで掘った事もある。

　背面なる枯草やまの日だまりに
　野蒜《のびる》を堀りぬ手の臭うまで　順

強烈なのびるの匂いを二人でかいで笑った。のびるは酢みそ和《あ》えにして食べた。おいしかった。

そんな苦労も二人には楽しかった。生きている実感があった。特に川田はここに来て初めて「本当に生きる」という事を知った。

それでも川田は焦っていた。

二人はこの後も長く生きて行くのだ。その上、川田の死後の俊子の事も考えなくてはならない。まとまった物を残してやりたい。

川田という人はもともと、お金に淡白な人だった。京都の家を売る時も「長く住まわせてもらったのだから儲けるなんて申し訳ない」と言って、最低の安価で売った。困った人が来るとありったけのお金を持たせる。

かつては雑誌などに文章を書けばいくらでもお金は入って来た。それがどうか。今では忘れ去られ、声もかからない。

自身の仕事の中で一番好きだった皇太子の作歌指導も自身の社会

的騒動を期に自ら断った。

「こうしてはいられぬ」と川田はある日、東京に出た。出版社を何軒かまわったが、芳ばしい答えはもらえなかった。

あくせくと新聞社めぐり灯のつく頃
数寄屋橋をば再びわたる
待たされて受付の前に立つ久し
ここまで我はおちぶれにけり　順

元気のない川田を俊子は海辺の散歩にさそった。川田は波打際を歩くのが好きだった。夕日はすでに箱根の山に落ちようとしている。そんな時刻も川田は好きだった。

「気持いいですネ」俊子は川田の後を歩いていた。

「うん、そうだネ」と川田は言った。そしてまた歩いて行く。しかし、川田の足はどんどん海の中に入って行くのだ。

「危ない！」

俊子はあわてて、川田の袖を引っぱった。どんどん海に入って行くのは川田の無意識だったのだろうか。「ハッ」としてもどって来た。国府津の海は川田を奪おうとはしなかった。静かにやさしく二人を包んでくれた。

海鳴りの聞こえる町で二人の日々は続いて行った。

夜になると川田は大きい声で言った。

「好きというのは船なのじゃ　無名長夜を超えてゆく船なのじゃ」

と歌った。

俊子はいつも、不思議なものに出会ったように「それは何ですの？」とたづねると、川田は「バカだな。俊子への恋文だよ、西行法師の言葉だよ」と言う。二人の船は無名長夜を超えて、進んで行った。

六、子ども達

「俊子に背負わせた犠牲はあまりにも大きかった」と川田は書いている。女にとって、子どもというものがどれほど大切なものか川田にも分かる。

俊子はわずかに他家に嫁いでいる長女を通して、子ども達の動向を知るばかりだ。そんな長女の便りが途絶えると寂しくてならない。自分で子どもと別れるような事をして来たのに寂しくてならない。

一目でいいから子どもに逢いたいという気持をどうする事も出来ないのだった。

俊子がフトンの中で子どもの事を思って泣いているのを川田は見

逃がさなかった。

ある日、川田は言った。

「いちど子ども達の顔を見て来たらどうかな」

「先生にご迷惑をかけます」と俊子は答えたが、うれしかった。

「行って来い。行って子ども達をしっかり見ておいで」

「でも帰って来るんだよ」と川田は言う。俊子が京都を恋しがっているのを知っているのだった。

俊子は川田の事が心配だったが、食事の用意も二、三日分こしらえて、主屋のお手伝いさんにも頼んで「すぐ帰りますネ」と言い置いて、国府津を出た。京都に行ける。恋しい京都に行ける。飛び立つ思いだった。

まず母の家に行く。気丈な母が俊子を見るといきなり涙をこぼした。

「あんたは死んだものと思ってやって来たよ」

聞けば、俊子の子ども達は母の家にへばりついているのだと言う。泊って行く日もあるのだそうだ。

この日も母は子ども達の下校時間を心得ていて、学校に走ってくれた。中学生と小学生の子どもが帰って来た。

すっかり背丈ものびて少々大人びて、はにかむように母を見ていた。

「大きくなって……」と俊子は言ったまま声も出ない。お互いに何を言っていいのか分からない。子ども達は自分達を捨てた母に恨みの一つも言いたかったろう。

思いもかけない不自由をかけられ、子ども達はしなくてよい苦労を耐えて来たのだ。その母が突然現われて自分達を見ている。

ずい分、身勝手な母ではないか。上の男の子の目はあきらかにそう言っている。

下の子はだまって母に抱きついた。二人とも何も言わない。俊子は充分に責めを感じていた。そこへ上の娘もやって来た。

長女は間もなく出産の日を迎えていた。久しぶりに三人の子どもとの出逢いだった。うれしいのに涙ばかりが出る。

「ごめんなさい。あなたがたにこんな苦労をさせちゃって」「身勝手な母を許して」と、胸の中で叫んでいた。

子ども達は一言も母を責めなかった。はにかむような表情で母の質問にていねいに答えた。それは立派な受け答えだった。自分がいなくても、子ども達はしっかり生きている。しっかり成長していた。

「お母さん、ありがとう」俊子は母の力を強く感じていた。

「こんなにしっかりした子どもにしてくれて、本当にありがとう」と俊子が言えば母は「わたしは何もしないよ。この子等が偉《えら》いんだよ」と笑っている。

夕飯時になると「お父さんには連絡しておくから、今夜はここでお食べ。お母さんと泊ってもいいんだよ」と母は子ども達に言った。

長女も一緒に食べると言う。そのつもりで長女は惣菜などをたくさんこしらえて持って来てくれていた。

楽しい食事会だった。食事中も長男は母をじっと見ていた。「なぜ？　なぜボクらを捨てたのか」その目は言っていた。

長女もポツリと「お父様も悪い方ではないのに、なぜ？」と口に出した。長女自身が家庭を持って、様々な事が見えて来たのだ。

言いのがれの出来ない母だった。

あなたたちが大人になって、真実の愛に出会ったら、母の気持を分かってくれるだろうか。身勝手な母の行動を分かってくれるだろうか。

今はただただ、申し訳なくて、身のちぢむ思いだった。

けなげに、身にかかった不幸にも負ける事なく、耐えて、賢くなってくれた子ども達に感謝して、心の中で手を合わせて、俊子の旅は終った。

一夜、二人の子どもにはさまれて眠る事が出来て、俊子の旅は終った。

「もう一泊したらどお？」と母は言ったが俊子は「十分です。とても仕合せでした。これからもあの子等をよろしく」と言い置いて京都を後にした。

川田はたった一泊の旅だったのに、気をもんで待っていた。「もう帰って来ないいんじゃないかって心配してた」と子どものように言った。

その後、長女から手紙が来て、中川が再婚して、彼一人京都をはなれると言う話を伝えてくれた。子ども達は差しあたり、俊子の母のもとに身をよせる事になったという。長男は高校生、次女は中学生になっていた。

その手紙からしばらく経って、また長女から手紙が来た。高校生になった長男が関東の大学を希望している。出来れば国府津でそちらの高校に入りたい。俊子の所に行ってもよいかという問い合せだった。

俊子はその手紙を見て、ハタッと困った。しばらく、川田に言い出せなかった。思っても見なかった申し出だった。川田はどう思うだろうか。

折角二人だけの生活をすごしていたのだ。俊子にとっては可愛い息子であるが、川田にとっては赤の他人だ。それが突然二人の生活に入って来るというのだ。

さぞいやがるだろうと思った。とても言い出せなかった。

しばらくして、俊子は思い切って、川田にそのままの話をした。断わられても仕方ないと思いながら話すと、川田の返事は意外だった。

「中川さんがだいぶ許してくれたのだね。そう言えば再婚されたという事だから、われわれの事を許せるようになったのだろうか。

子どもをこちらに寄こすと言う事はありがたい事ではないか。経済は何とかすればやって行けるよ」

と、あっさり言ってくれた。ありがたかった。川田に負担をかける事は目に見えていた。気に入らない売文も書かなくてはならないだろう。

それでも俊子のために、子どもを引きとる事を喜んでくれるのだった。川田のそんな心の大きさに胸を打たれて、俊子は声も出なかった。

「よかったじゃないか。ボクも楽しみだよ」と笑っている。

「先生、ありがとうございます」と俊子は声も出なかった。

こうして、俊子の息子Tは京都からやって来た。Tも母と川田の愛の行きさつは知っている。いま、自分がその母達の愛の巣にとび込んで行くのだ。自分が邪魔な存在である事は分かっていた。

それでもTはそうとしか生きられないのだ。関東に行って、関東の大学に入って、関東で仕事を得る。母の噂がいつまでもTの暮らしにつきまとう、そんな京都ではもう生きられないのだった。慣れない所で苦労するかも知れない。それでもやって行かなくてはならない。

そんな「キッ」とした決意を体いっぱいにみなぎらせて、Tはやって来た。国府津駅でTを迎えた母はまた一まわり大人になったわが子を見て、喜んだ。

その日、川田は石段下の門の前まで来て二人を出迎えてくれた。Tは川田のやさしさに驚いた。その後も慣れない環境《かんきょう》で、Tはとまどい苦労をするのだが、川田はすぐに少年の労苦を察知《さっち》して俊子のいない所で、さりげなく彼をねぎらってくれた。

「先生、いい人や」と少年は京都弁のぬけ切らぬ話し方で俊子に言った。

この家の三十五段の石段をTは三ケずつ、飛んで上った。黒いセーターの少年が掛け上がる姿を見て、川田は笑った。「熊の子のようだね」「可愛いねぇ」目を細めて、川田は言った。

京都の高校の一年生を済ませた所だった。Tが来る前に俊子は小田原の高校の受け入れ先をみつけておいた。

このあたりでは県立小田原高校が一番の名門と聞いて、その門を叩いた。Tの京都での成績なども送ってもらって持参した。彼の実力では最初入学が危ぶまれた。

俊子は何度も足を運び、自分の立場や川田の歌集なども持参して、事情を話した。そんな親の熱意が通じたのか入学を許可された。

新学期から、Tは小田原に通うようになった。少年なりの苦労はあっただろうが、Tはけなげに耐えた。耐えられない日は掬泉居の裏山に上って、何時間も草むらに寝たり、海辺に行って、波の音を聞いたりしてすごしていた。

俊子はそんなTの背中を見て、「何もしてやれないけど頑張ってネ」と祈るばかりだった。

もとより小さなはなれの二間だけの住いだった。少年の個室など用意してやれない。どうしたものかと思っていると、少年は南側の巾広いガラス張りのテラスを上手に仕切って、本棚で囲い、上手に個室を作った。フトンも入れ込み、ここを自分の城とした。

「一国一城のつもりだネ」と川田は笑った。

こうして、少年は高校生活を終え、K大学を受験したが、一年目は不合格だった。少年は当然のように浪人生活に入った。

その時だった。京都の長女から手紙が来て次女S子も国府津に行きたいと言っているという事だった。

T一人でも川田に申し訳なく思っているのに次女まで、どう切り出せばよいのだろうか。俊子はまたまた悩んだ。

長女の話によれば、京都の父親が再婚して、相手の住む日本海に面した小村に行くと言う。次女に今後、どうしたいかとたずねたそうだ。

つまり、父親と一緒に暮らす気があるかどうかを次女本人にたずねたのだ。その時、次女はきっぱりと「お兄ちゃんの所に行く」と言ったのだそうだ。兄が国府津で仕合せになった事を次女は知っていたのだった。

それを聞いて、中川はうなだれて「そうか。ではそのようにしなさい」と言ったそうだ。「本人の希望通りにすればいいんだ」と父は言って、寂しそうだったと長女は手紙に書いている。

ついに川田に次女も来たいと言っていると告げた。

「冗談じゃない。いいかげんにしてくれ」とどなられても仕方のないところだった。

「いいじゃないか。にぎやかになってうれしいよ。ボクは子どもが好きなんだ」と川田はケロリと言った。

「それにしても、この国府津の住まいはせますぎる。なんとかしなければいけない」と川田は言う。

「思い切って、湘南の方に家をさがしましょうか」と俊子も言った。

「鎌倉に家を売りたい方があると、歌の会の方が話していたから、私、見て来ます」と俊子は続けた。

そんな矢先だった。主屋の名取さんから「はなれの改築をしたいので、その心づもりでいて欲しい」と言われた。

翌日から俊子の家さがしが始った。売り家はいくらでもあったが、なかなか希望に合うものがない。川田も一緒に見て歩いたが、やはり希望通りのものがなかった。

そんな時、ひょっこりいい話があった。川田の住友時代の友人が辻堂の物件を紹介してくれた。湘南辻堂の海近く、その家はまるで川田達を待っていてくれたような具合で姿を見せた。

川田の希望した庭も広く、借地だったが安い借り賃で貸してくれると言う。

迷う事なく、この家に決めた。予算は大分超過したが、最後まで残っていた骨董《こっとう》などを処分して、工面《くめん》した。

いよいよ、国府津を去る日が近づいて来た。

あわただしく、引越の準備などする俊子に川田は言った。

「ここで暮らした三年半の事は忘れられないね」

「ここの暮らしがどんなによかったかと言う事は後になったら感ずるよ」とも言う。

俊子はここで現実の重さに圧しつぶされそうになりながら、必死で生きて来た事を思った。七厘で火をおこし、竹樋の水をすくい、不便な家事をこなして生きた。

それでもいざここを去るという時になると、過ぎて来た日々への思いでいっぱいになるのだった。

「本当に先生のおっしゃる通り、ここの暮らしは忘れられません」

と、俊子は言って涙ぐんだ。

川田はまた、こんな事も言った。

「国府津には歴史的なことがあまりないのが寂しいと思っていたが、宗祇《そうぎ》と関係があったんだよ」と喜んだ。

室町時代の連歌師宗祇が八十二歳の時、鎌倉を出て、和歌山の郷里に向かう途中、病いが重くなり、国府津までやっと来て、ここで一夜を過ごしたのだと言う。

一夜を明かした宗祇は箱根湯本まで行き、ここで没したのだと言う。国府津のどの宿であったのか、川田は宗祇が国府津で一夜をすごした事をこう歌っている。

この里も少しはふみに残るべし
　宗祇が一夜泊りぬ

明日死なむ自然斉宗祇の枕べに
　この荒磯の浪はひびきぬ

宗祇の思い出を川田と共に抱えて、俊子はTと共に国府津を後にした。

七　辻堂にて

昭和二十九年十一月だった。秋晴れの美しい日だった。川田と俊子は全ての荷の梱包《こんぽう》を終えてから名取和作にあいさつに行った。

名取もお手伝いの山本さんも「良い人に借りてもらって本当によかった」と口を揃えて言ってくれた。

三年半の暮らしが走馬灯のように浮んで、俊子は涙をこぼした。わずかばかりの家具と荷物をトラックに乗せて、国府津を後にした。

辻堂の家にはTの部屋も、やって来るS子の部屋もあった。むろん川田の書斎もあった。

国府津で苦労したお風呂も完備されていて、ガスも水道もそろっている。俊子の家事は、ウソのように楽になった。「夢のようだわ」と俊子はつぶやく。

「ここに決めてよかったネ」と川田もごきげんだ。そして毎日、家の周辺を歩いていた。

そんなある日だった。川田は目を輝かせて帰って来た。「ボクが今日歩いているとね、美しい女仏を刻んだ墓があったんだよ」と言う。興奮していた。

　　ここに眠る無縁ぼとけらわ等よりも
　　　静かなる世を生きにけらしな

と川田は早速詠った。

「そんな仏様、あったかしら」と俊子は買物の帰り、川田が言った墓地をさがしに行って見た。

それは土地の人々にさえ忘れ去られている一角で雑草が生い茂る中にやっとその像を見つけた。

女仏は足をくみ坐している。憂《うれ》いをたたえて、美しい。生い茂る雑草の中にこの仏を見い出した川田の感性に俊子は驚いていた。

俊子達の新しい家から、四、五分行くと広々とした砂丘がある。砂丘のかなたに海が光っている。

その広大な砂丘は自衛隊の戦車の練習所になっていて、終日、戦車が動いていた。

戦争中は軍の演習場だったそうだ。

　　はるかなる波打際の戦車より

　　　吾がいる砂丘へ砲を向けたり

まことに物騒な風景の中だったが、俊子達はかまわず砂丘の小山に登った。右手に美しい富士が見えていた。左手に江の島が海の向うに見えていた。

絵ハガキの中にいるような贅沢《ぜいたく》を二人は感じていた。

その上、もっと川田を喜ばせる事があった。

鹿《しか》鳴くと西上人の詠みたりし
　砥上《となみ》ヶ原を近くして住む

辻堂海岸から鵠沼のあたりを砥上《となみ》ヶ原と言ったそうだ。
「西行は東海奥羽へ行脚の途中、相州砥上ヶ原にて、鹿鳴の一首を詠じ、仲秋の頃鎌倉に着いた。」（川田順著「西行」）

そこで出来たのが鹿鳴の一首である。

　栄松の葛のしげみに妻こめて
　　砥上ヶ原に雄鹿鳴くなり

この一首の詞《ことば》書には「相模国大場と言う所砥上ヶ原を過ぐるに野原の露のひまより風にさそはれ、鹿の鳴く声きこえれば」とある。

西行を愛する川田はその事を非常に喜んだ。「よい所に住めるんだね」とご機嫌で例の西行の歌を声を上げてうたった。

好きというのは船なのじゃ

無名長夜を超えて行く船なのじゃ
「わらの船もここまで来たじゃないか」

そう言って、この辻堂の家を「沙上亭《さじょう》」と名付けた。国府津の家は「掬泉居《きくせんきょ》」だった。

そして、いよいよ次女S子がやって来る。長男Tが京都に行っていて、妹の旅立ちの手伝いをして、今日、二人がやって来る。

朝から俊子は落着かない。川田は「駅まで迎えに行きなさい」と言うが、「Tがついているのです。大丈夫です」と俊子は答えたが、やっぱり落着かない。そして「やっぱり、ちょっと見て来ます」と家を出た。川田は笑っている。

辻堂駅にわが子二人が下り立った。自分の勝手で放り出してしまった幼い子等が大きくなって自分のもとにやって来る。

川田との愛に走って、幼いわが子と別れ、子育ても途中だった。それをいまやらせてもらえる。

子ども達を迎えに出る俊子は静かな感動で胸をあつくしていた。

この日から家族四人の暮らしが始った。川田は散歩の度にS子をさそった。散歩から帰ると川田はS子に言った。

「今日の富士山、きれいだったろう。京都のお父さんに手紙を書きなさい。ハガキでいいよ。太平洋も見たってネ。京都は日本海だものネ」

川田はTにも前から「何でもいいから、京都のお父さんに手紙を書きなさい」と言っていた。そして「中川さん、寂しくないだろうか。二人ともこちらに来てしまって」としきりに心配した。

俊子は俊子で、折角二人の愛の暮らしも軌道《きどう》に乗って来たのに、二人も大きな子どもが来てしまって、川田に申し訳ないと思っていた。

子ども達はくったくなく「先生、先生」となついて甘えている。早くに母に去られて、甘える事も知らずに大きくなった二人は小さな子どものように川田に甘えた。

もともと子ども好きな川田は「いいねえ、楽しいね」と心から楽しんでくれるのだった。

この家にもともとあったにわとり小屋で、にわとりを飼い始めた。川田と子ども達は競って卵をとりに小屋に行く。

「今日はゼロだった」と川田ががっかりしていた。その直後、着物の袖からたくさんの卵を出して見せる。キャッキャッと三人が騒いでいる。

こんなにも川田は俊子の子ども達を可愛がってくれる。申し訳ないやら、ありがたいやらと俊子が言えば、

「何を言う。ボクの好きな俊子の子ども達じゃないか。ボクが彼らを愛して、何の不思議があるものか。中川さんに申し訳ないと思うだけだよ」

京都の長女もこの成り行きを知って、ひどく安心したようだ。俊

子の母も同じだった。

「先生、本当によい方ネ。よい方でよかった」

と電話の向うで涙ぐんだ。

次女は地元の中学校に入り、長男は浪人生活を経て念願通り、K大学に入学した。

大学を終えた後、希望通りテレビ局に就職して、都内で下宿生活を始めた。

次女も順調に学校生活を送り、兄と同じK大学に入学する。そして、その後良縁を得て結婚する。

俊子の子育ては見事に終了した。環境の変化にもめげず素直に育ってくれたわが子達に俊子は感謝の念さえ持った。

それにしても二人の子どもが舞い込んだ事で川田の負担は大変だった。大学の学費だけでも大きな出費だった。

川田は自分の生活について、何一つ贅沢は言わなかった。食べるものも着るものも質素この上なしだった。「何か召し上りたいものはありませんか」と聞いても、「そんなものはない。いつものようでよいよ」と言う。

若い頃にはずい分贅沢な生活をしたはずなのに、俊子との暮らしを始めてから、何一つ、欲望を言わなかった。

「君は女だからおしゃれもしたいだろう。好きに使いなさい」

と貯金通帳を渡してくれる。

「先生こそ、スーツを新調なさったら、おヒザの所が薄くなってますもの」

と俊子が言うと、

「何を言う。ボクはこれでいいんだよ。勝手に作ったりしたら捨てちゃうからネ」

と言うのだ。

俊子の子ども達の出現は思いがけない成り行きで学費の心配まで

しなければならなくなったのだが、川田は何も言わずやりくりをしてくれた。

川田が節約をしなければならない理由がもう一つあった。自分は年老いている。やがて死ぬだろう。残して行く俊子の先行きが心配だったのだ。

それでも川田は自身の歌人としての成長は怠らなかった。月に何回か東京に出て、能や芝居を見た。古びた財布には往復の切符代しか入れていない。乗り物だけは贅沢がしたいと二等車（今のグリーン車）の切符代を用意した。昼食もお茶も住友本社の一室で自由に利用する事が出来た。観劇などのチケットはもらい物である。

そんな中で川田は「木蓮《もくれん》物語」と言う歌舞伎座で上演された脚本を書くなど活躍した。

辻堂の家の庭に咲く白木蓮から着想を得た「木蓮物語」は名優市川海老蔵と尾上梅幸によって演じられた。

　あたたかきつやもつ花のむらがりの
　　白木蓮に春きはまりぬ　順
という歌を口ずさみながら海老蔵が所作をする。

二人の子どもが巣立って行くと、再び二人だけの静かな日々が始まった。

そんな頃だった。思いがけない話が川田の所に舞い込んだ。

芸術院会員決定の知らせであった。推挙してくれる友人達がいたのだ。「川田が今まで芸術院会員になっていないのがおかしい」と彼等は言った。

すでに川田は八十歳を越えていた。

「いまさら……」と川田は言う。

この問題も川田達の騒動がネックとなっていたのだ。「そんなものはどうでもよい。もっと大事なものがこの世にはある」と川田は言った。

友人達は「バカを言うな。受けろ受けろ。年金もつくのだぞ」と言う。

すると川田は「そうかい。そんな物がつくなら頂こうじゃないか」と笑いながら受ける事にした。

友人達はひどく喜び、川田の祝賀会を開いてくれると言う。川田は「そんな晴ればれしいことは……」と辞退し続けた。

ごく内輪の会だからと説得された。

その日、二人は金屏風の前に立たされた。

俊子のために何一つ晴れやかな事をしてやらずにこれまで来てしまった。川田はその晴れの舞台を喜んだ。春の宵であった。

八、川田の晩年、そして死

年老いて、川田はますます元気だった。「死んでたまるか」と毎朝叫んでいた。「生きていて欲しい」と俊子も川田の身を案じた。

川田は体は丈夫だったが足腰が弱った。好きな散歩も出来なくなって、家で過ごす事が多くなっていた。

それなのにある日、川田は「今日、東京に行く」と言い出したのだ。

「そのおみあしではむつかしくありませんか」と俊子が言うと、

「大丈夫だよ。住友の○○さんに車を出してもらうようにもう電話したよ」とケロリとしている。

やがて車が来ても、乗車するのさえ、二人がかりで抱きかかえなければならなかった。当の川田は久しぶりの外出に喜んで車外をながめていた。

住友に着くといつもの応接室に通され、川田の大好きなソバを取りよせてくれた。俊子はそのソバを短く切って、食べやすいようにした。

「今日はどのようなご計画ですか」とたずねられて、川田は「M堂（骨董店）に行きたいので連絡して下さい」と言う。俊子はドキッとした。骨董店ではいくら必要か分らない。適当に用意はして来たが、これで足りるかどうか分からない。ヒヤヒヤした。

とにかくM堂に行った。川田の大好きなM堂だった。若い頃から骨董好きで高価なものをたくさん持っていた。

しかし、金や物に対して、淡白な性格で、惜し気もなく人に与えたそうだ。彼の友人達が教えてくれた。

国府津で逼迫《ひっぱく》した生活をしていた頃、彼の古い友人から現金書留で大金が送られて来た事があった。

ついていた手紙によれば、むかし川田にもらった骨董を道具屋に見せると、驚くほどの大金で引きとってくれた。あんまり申し訳ないから、半分お返しすると言うのだった。

「あの時はずい分助かったものだ」と俊子は思い出しながらM堂に着いた。

川田は店内を見まわして、うれしそうだ。

「今日はどんなものをお目にかけましょうか」と店主が聞く。

「人形を見せて下さい」と川田は言う。川田は子どもとか人形とかを好んだ。

店主は川田の好みを知っているから、彼の気に入りそうなものばかりを並べた。最後に持って来た中国の人形はよほど気に入ったと見えて、じっと見つめていた。

「これは実は買い手がもう決まっています」と言う。

それなら見せなきゃいいのに、と俊子は思った。

「もし頂くとすればいかほどですか」と川田はたずねた。

「〇十万です」と言う返事がもどって来た。

「おどろいたネ」と川田は言い、とても買えないという顔をした。そして、いつまでもその人形を見つめていた。それですっかり満足して立ち上った。

こうして、川田の東京行きは終った。これが最後の東京行きになってしまった。

その日から一ヶ月ほど経ったある日の事だ。

甘露寺《かんろじ》受長《おさなが》が辻堂の家に見える事になった。それは六年前から川田が関っていた明治天皇・昭憲皇后の御集謹撰の仕事が完成したのでその祝いの宴が開かれる事になったのだ。しかし川田は出席出来なかった。

それでその委員長であった甘露寺が辻堂まで来てくれるという事

になった。

　この甘露寺は川田とは古い古い友人であった。川田の父川田剛が大正天皇の東宮時代侍講をつとめていたが、その時、甘露寺は皇太子のご学友であった事から川田の授業に同席する事を許されていたそうだ。

　甘露寺少年は川田先生の自宅にまで出入りするようになったそうだ。そこで川田順と知り合い、子ども同志親しくなったと言う。

　その後、甘露寺は東宮侍従、侍従次長、明治神宮宮司などをつとめた。

　その日、甘露寺は上等なうなぎ一式を持参した。うなぎの好きな川田は喜んで頂いた。昔話にも花が咲き、川田はうれしい時間をすごしたのだった。

　お客様が帰ると、川田は疲れたのか、すぐに「横になりたい」と言う。そんな川田をフトンに入れて、俊子も疲れていたので隣室でぼんやりテレビなど見ていた。
しばらく経ってからだった。
「イタっ」という川田の声とドスンと人の倒れる音がした。あわて
て俊子がかけよると川田は部屋から廊下に出る所で倒れていた。
抱き上げてソファに座らせると、「やっぱり寝る」と言った。そ
して再びフトンに入った。医師を呼んで診てもらうと大腿骨《だいたいこつ》を強打
しているという事だった。骨折はしていないので安静にしていれば
大丈夫だと言われた。
川田はその日、フトンに入って以来、死の日まで二度と立ち上る
事は出来なかった。
俊子はこの時の事を自分の不注意のせいだったのではないかと自
分を責めた。
京都の養子夫妻も、川田が倒れたのは俊子の不注意のせいだと決
めつけていた。

川田の死後、解剖した医師は川田の動脈がボロ〳〵になっていたと説明し、「お転《ころ》びにならなくても、そう長くはお生きになれなかったでしょう」と言った。

何となくホッとした。

川田が動けなくなって、何日か過ぎた時、住友信託の宝来という方がやって来た。

その頃、川田が来客があっても逢うのをいやがっていて、玄関で俊子が詫《わ》びを言って帰ってもらっていた。

宝来にもそのように俊子は詫びを言い出すと、川田は声をふり上げて、ふすまの向こうで言った。

「お目にかかるから、ここへお通しして」と叫んだ。

この時の宝来のおかげで、住友本社に連絡がつき、東大病院に入院する手はずをしてもらえた。東大病院では上田博士の世話になり、最高の治療を受ける事が出来た。一安心であった。

それにも関わらず、川田の体力は日に日に弱っていった。

しかし、入院したおかげで、京都の養子一家や姪や甥が来るようになった。川田の愛した孫娘もやって来た。川田にとってはうれしい事だったが、この人達にとって俊子は許せない女だった。

この人達が川田のベットを取り囲むと俊子はいる場所もなく、外に出た。三四郎池のまわりを歩いたりして、自らをなぐさめた。

それでも川田と二人だけの時間もあった。そんな時だった。俊子はとんでもない事を思いついた。とにかく川田を喜ばせたかった。

俊子は自分のバックからタバコを出して、「吸ってごらんになりますか」と言った。

「うん、もらおうか」と川田はにっこりした。

火をつけて渡すと心からおいしそうに吸った。

タバコが体によくない事を川田は知っていた。お正月が来るたびに「今年こそ禁煙だ」と言っていたが、結局、毎年止《や》められなかった。

「そんなにお好きならおやめにならなくともよいのでは?」などと俊子は言ってしまう。それほどタバコが好きだった。

それにしても、病室でタバコをすすめるとはとんでもない事だった。しかし、この時のタバコが川田の最後の一本になった。

俊子はもう一回、病院のやり方に違反する事をした。

川田の容態がいよいよ悪化した時だった。朝から苦しい息をして医師たちも「いよいよ」という面持ちで出たり入ったりしていた。

誰もいなくなった隙をみつけて、俊子はバックから六神丸を出して、水に解いて、脱脂綿に吸わせて、川田の口に入れた。何口か吸わせると激しい呼吸がおさまった。

こうした方法で瀕死《ひんし》の病人が持ち越したという記事を読んだ事があったのだ。藁《わら》にもすがりたい気持だった。一分でも一秒でも長く生きて欲しい。そのためには違反もする。

医師の目を盗んで与えた六神丸の効果はまもなく現れた。

激しい呼吸が治まったのだ。医師は「不思議ですね。昨日は非常に危なかったのですよ。お持ちこしになりましたネ」と首をかしげた。

俊子はひそかに「あの漢方が効いたのだ」とうれしかった。「逝《い》かないで欲しい。私を置いて逝かないで」と祈る俊子の思いは漢方以上に効いたのだろうか。

少しばかり持ち直す日があった。急を知った川田の友人達が次々に別れに来てくれた。もう何も言えない。何も表わせない川田だったが、体いっぱいで別れを告げて、最後の挨拶をして、生涯の幕《まく》を閉じようとしていた。

「皆、ありがとう。仕合せだったよ」

川田の生命がいま終ろうとしている。その瞬間だった。俊子には川田の声が聞こえて来た。

「好きというのは船なのじゃ　無名長夜を超えてゆく船なのじゃ」

その船に乗って、あなたは一人で遠い所に行っておしまいになる。私を置いて……。と俊子は泣いた。

激しい恋の始まりだった。そして終りは何とも静かだった。

その日、昭和四十一年一月二十二日。川田順、八十四歳の旅立ちだった。

二人が出会ってから二十二年。ともに暮らし始めてから十七年。二人の歴史はここで終った。

それは冷たい風の吹く日であった。俊子は川田の遺体が解剖室に運ばれるのをじっと見ていた。

彼の肉体が切りきざまれる事を思うと、解剖はやめて欲しかったが、病院側の強い希望で、断われなかった。

冷たい病院の廊下で俊子はじっと座っていた。

九、その後の俊子

寝台車に乗せられた川田の遺体が帰って来た。遺体は美しく整っていた。久しぶりにひげをそってもらって、きれいな顔だった。川田は天を見ていた。

「先生」俊子は走りよって寝台車にかじりついた。

川田の脳は斎藤茂吉と同じように東大病院に保管されるのだそうだ。

遺体はいったん辻堂に帰る。通夜をすごすためだ。「先生、帰りましょう。私達のお家に」と俊子は胸の中でつぶやいていた。

辻堂の家に寝かせると、生きていて「もう寝るよ」と横になった時のようだった。

「そうね。もう寝ましょう」俊子も片わらで横になった。川田の最後の自宅一泊だった。何も言わない一泊だった。

翌朝、早くから遺体の納棺が始まる。そんな矢先、梅若六郎が突然見えた。

「御霊前で一曲、謡《うた》わせて頂きたく上りました」と言う。願ってもない事だった。

「何を謡わせて頂きましょうか」

「やはり『江口』でしょうか。それとも先生がお作りになった今年の御題『声』に致しましょうか」

俊子はハタと困った。「江口」は江口の遊女が西行と歌のやりとりをしたという話。遊女は普賢菩薩《ふげんぼさつ》の化身であり、浮世を借りの宿と見て、白い象になって西方浄土に帰って行く。

川田の好きな西行のことでもあるし、人を葬うには「江口」の方がふさわしいと思えた。しかし一方「声」は川田が二ケ月前作った作品だった。

百千鳥さへづる春をすぎし頃
山ほととぎすの初声を
秋は鹿のね妻恋の声は
紅葉をふみわけながら
冬は千鳥のちりちりや

俊子はやはり「声」を選んだ。

六郎は「お正月のものですからおめでたい気は致しますが、ご希望ですから」と言って「声」を謡って下さった。

川田は最後まで新春歌会始めの審査員の役をつとめた。途中、俊子との事件を理由に「辞退すべき」との声も上がったが、斎藤茂吉は「辞退する事はない」と強く応援してくれた。

零落の日にも年に一度のこの時ばかりは、川田はまぶしいほど輝いていた。

「やっぱり『声』を選んでよかった。あの世に旅立つ川田もどんなにか喜んでいる事だろう」と俊子は思う。

思えば川田の父甕江《おうこう》の死去の際にはこの六郎の祖父に当る実翁《じつおう》が「松風」を謡って下さったのだと川田は話していた。

父親と同じように日本一の能楽師の声で送られる川田の仕合せを俊子は思う。

やがて納棺が始まる。俊子が用意した羽二重の紋つきに仙台平の袴《はかま》をつけ旅立ちの身なりを整えた。もともと美男子であるから川田の姿は美しかった。

愛用していた頭陀《ずだ》袋に万年筆やエンピツ、メモ用紙などを入れた。旅の途中で歌が出来たら書きとめる為のものだった。

ただし彼が愛用していた万年筆は入れなかった。俊子は手放したくなかったのだ。自分の万年筆を入れた。

「おいおい、まちがえてるよ」と彼は気づくだろうか。「君のを使うとしよう」と笑って許してくれるだろうか。

頭陀袋にはタバコも入れた。好きだった青色のピースを、それからマッチも。

頭陀袋はパンパンになった。

「そうそう忘れてはならないもの、シェークスピア全集の豆本も入れなくては」

これは俊子の長女の夫が英国に仕事で行く際「何を買って来ましょうか」と言った時、「シェークスピアを買って来て欲しい」と川田は頼んだのだった。

気の利く婿はシェークスピア全集と豆本の全集を買って来た。川田は喜んで豆本の全集を書棚に飾って、来客があるたびに自慢した。

全集は原語で読んで楽しんだ。いつの間に勉強したのか川田は英語にも精通していた。

訳されたものより原語の方が分りやすいと言っていた。

「先生、シェークスピアもお伴に入れますよ」

頭陀袋はいよいよパンパンになった。

川田は遺書というものを残さなかった。ただ、昭和二十三年、二人が暮らし始めた頃、一通の封書を俊子は川田から受け取った。十七年前の事だ。その封書には「遺書」と表書きがあったので俊子はあわてて、手箱の底に入れて、開く事はなかった。

川田順の葬儀が住友のお世話で青山斎場で執り行われた。冬空がいっぱいに広がる晴れた日だった。

「先生、先生の大好きな冬空ですよ」

春への期待を秘めて輝く冬空を彼は愛した。

　よみがへり茅を吹く春のことを

知らぬさまにて冬木しづけし

葬儀の後、川田の遺体は骨になった。安々と俊子のヒザに乗ってしまうほど骨箱は小さかった。その軽さに俊子は泣いた。

「先生、お家に帰りましょう。今度こそ、二人だけのお家に」

骨はことことと小さな音をたてた。

「うん、そうしよう。あそこが一番だね」と骨たちが言っていた。

その時だった。ふとあの「遺書」という封書のことを俊子は思い出していた。

そこにはこんな文字が書かれてあった。

遺書
私の亡き後を何卒立派に、清らかに
生きて下さい。
これ一つが七年輪廻《りんね》の悲願《ひがん》です。

そして余白に、

世の人ら耳そばだてて居るものを

いつより君を妻とよぶべし

俊子はその文字をじっと見つめた。彼の心がよく分った。まだ暮らし始めて間もない頃だったのに、もう最後の言葉を書いていた川田の心を思ってまた泣いた。

「先生、ありがとうございます。こんなに心配して下さって、ありがとうございます。それなのに私はいい気になって、先生のおそばにいられるのがうれしくて、のんきに暮らしておりました」

と、俊子は川田の遺影に向かって詫びを言った。

「先生亡き後もちゃんと生きて参ります。ご心配なさらないで下さい。先生のよい生徒で生きて参ります」

声に出して遺影に話す俊子だった。遺影に話しかけるのは癖になってしまって、遊びに来た子ども達に笑われた。

川田の遺骨は四十九日に東京駒込、吉祥寺の川田家の墓に埋葬され、残りのお骨はさらに三つに分けられた。一番大きいものは京都の周雄の元に送られた。残る二つは、高野山におさめるものと俊子と二人の墓として用意した鎌倉の東慶寺に埋葬されるものだった。

東慶寺の二人の墓はまだ完成してなく、川田は自分の墓を見られなかった。ただ墓地を選んだのは川田自身だったから、周囲の風景は彼の心に残っているはずだ。

その後、俊子は小箱に入ったお骨を抱いて、高野山に向かった。高野山に納めて欲しいと言うのは川田の希望だった。

川田と俊子は旅好きだったのに高野山には行った事がない。どうやって高野山に行けばよいのか、俊子はとまどった。

「死んでから高野山に行くよ。きっとよい所だと思うよ」

そう言って笑っていた川田の顔が目に浮ぶ。

川田が去って最初の春だった。

「先生の好きだった春ですよ。花達が皆咲いてますよ」

五月が来ると俊子はいよいよ高野山行きを実行しようとしていた。そんな矢先、梅若六郎の公演の招待状が届いた。

演目は「実盛《さねもり》」だった。俊子は川田に連れられて始めて能見物をしたのがこの「実盛」だった。

「『実盛』を拝見してから高野山に行こう」と決めた。

ヒザの上に川田の遺骨を置いて、能楽院の席についた。

「実盛」は川田の好きな演目だった。

「先生、『実盛』ですよ。六郎先生がなさるのよ。俊子に始めて見せて下さったお能も『実盛』でしたネ。先生は、俊子にはネコに小判だと言って、お能には連れて行って下さらなかった。

『実盛』の時、君も一緒だよ、と言って下さった。天にも昇《のぼ》るほどうれしくてくっついて行ったのですよ」

俊子は心の中で川田のお骨につぶやいていた。『実盛』という人は保元平治の乱で源義朝の忠実な武将として戦う。義朝滅亡後は平氏に仕え、頼朝追討のために立ち上る。すでに老齢であった実盛は最後こそ若々しく戦いたいと白髪の頭を黒く染めて戦った。

その結果、首実検の折、実盛とは分らなかった。敵の大将義仲が付近の池で洗わせるとみるみる白髪に変った。義仲はかつての恩人を討ちとってしまった事を知り、泣く。

という話だった。「平家物語」の一話であったが、やがて舞台は「南無阿弥陀仏」の声に包まれる。

お骨になった川田への何よりのはなむけであった。

俊子は胸いっぱいになって立ち上った。一人高野山に向う。遠い道のりだった。旅と言えば川田に甘えて、ついて行っていたので一人の旅は心細かった。道のりは遠かった。それでも夕方までに高野山の桜池院に到着した。その時、夕暮の鐘が鳴った。心にしみる音だった。

この夜はこの坊に泊めて頂くのだ。

執事が古い過去帖を持って来た。川田剛と書いてある頁を開いて、そこに「本多かね」の名を示された。

「これは川田先生のお父様ですネ」

「このご婦人のお骨を持ってここに来られたのでしょう」と言われた。それが本多かねであった。川田順の実母である。川田が十一歳の時死亡している。とすると明治二十七、八年の事になる。川田の父はここまで来て、かねのお骨を納めたのだ。

今よりずっと交通事情も悪かったはずだ。ずいぶん苦労があったのではないかと俊子は思う。

川田の父にとって、かねはいわゆる愛妾であったから川田家の墓に入る事は出来ず、寺のすみの小さな墓に埋葬された。それではあんまり可哀想だと考え、父は高野山に骨をおさめたのだろう。

川田は実母の墓が高野山にあると聞いていて、自分の骨も高野山に納めて欲しいと俊子に言い置いたのだ。

「お望み通り、高野山にお連れしましたよ」

風呂敷包みの骨箱につぶやいた。

執事は「お骨をおあずかりしましょう」と言う。

「待って下さい。明日の朝まで一緒にいたいので」と詫びた。

「それでは朝のおつとめの折、お持ち下さい」

と言って執事はもどって行った。

十一歳の川田は母を思って泣いた。「哀れ母上」という詩を書いた。愛妾という哀しい立場だった母、近隣で並ぶ者なき美貌の持ち主だった母。父に愛されて、妾宅で川田と妹を生んで、少しだけの時間、仕合せだったであろう母。

川田は今、高野山の山ふところで母に抱かれて、ここに眠るのだと思った。

俊子は、そんな重要な役割をさせてもらった光栄を思った。

翌朝は早くから坊でおつとめがあった。そして、俊子は見たのだ。若い僧が二人で輿《こし》をかついで静かに歩いて行くのを見た。それは空《くう》海上人《かいしょうにん》が今もなお奥の院に生きておられると信ずる人々が、上人の朝食を運んで行く儀式であると言う。

「生身供《しょうじんぐ》」と呼ばれる毎日の行事であると言う。一二〇〇年前に死んだはずの空海がここでは人々の胸の中で生き続けているのだと知らされた。

すきとおるように清らかな朝の行事であった。その後、桜池院の奥さんが山のあちこちを案内して下さった。

戦国の武将達も眠っている。ここでは敵も味方もない。ともに静かに眠るのだと言う。

山口誓子の句碑が立っていた。

「夕やけて　西の十万億土透《す》く」

山口も最愛の橋本多佳子を亡くしていた。

亡き人が住むという十万億土という遠い遠い所が夕焼の中に透けて見えると言う。

「先生、そこから俊子が見えますか。私には先生が見えていますよ。いつも〳〵」

俊子はふと上田秋成の「雨月物語」に出て来るあの言葉を思った。

「人、一日に千里ゆくことあたはず。魂よく一日に千里をもゆく」という言葉だ。

俊子にはいつも先生の声が聞こえていた。五月の高野山は新緑がむせぶように美しかった。

こうして、高野山行きも果たし、辻堂の家でたった一人の俊子の日々が始った。

十、二人が残したもの

こうして、俊子は長い長い一人暮らしを続けて、何と平成二十年（二〇〇八）、九十九歳まで長生きをした。川田が死んだ時、俊子は五十七歳だった。一人暮らしは四十二年間だった。

五十七歳の俊子は川田に死なれて、ポッカリと穴のあいたような日を送っていたが、一連の葬儀、埋葬などをすますと、ひとしおの寂しさを感じていたが「こんな事していられない。私にはする事がある」と立ち上った。厖大な分量の残された川田の作品を整理する事だった。

その数のあまりの多さに圧倒されながらも、その孤独な作業を続けていた。

そんな矢先だった。

甲鳥書房という出版社から連絡があって、川田順の遺稿集を出したいと言う事だった。

俊子の仕事はこの膨大《ぼうだい》な原稿を整理して、一冊にまとめる事だった。

「先生、大変です。俊子に出来るでしょうか」と心の中で叫びながら、毎日、格闘した。

それを読み進むうち、それらの原稿の山は俊子自身にとっても彼とともに生きた歳月を反芻《はんすう》する楽しい仕事だった。

「残したいもの」ばかりだった。

「先生、助けてよ。俊子には捨てられない」

結局、編集者と話し合って、ようやく一冊にまとめる事が出来た。

川田順遺稿集「香魂《こうこん》」が完成したのは昭和四十四年の事だった。

それは予定より大部のものになった。

昭和二十年から書いたもので川田の人生観が現われていて、自叙伝の型にもなっている。

この本が出来た日、川田の仏壇にまず一冊ささげ、自分用に一冊抱きしめた。

思えば俊子は、初めて川田の本を頂いた日、うれしくて、思わず抱きしめた。昭和二十年の事で、川田の「晩来抄」(生活社)という本だった。川田は軽い気持で俊子に一冊くれたのだが、俊子はうれしくて「これはふところに入れてどこへ行く時もはなしません」と、思わず言った。

「その様子が可愛いかった」と川田は「孤悶録《こもんろく》」に書いている。

その頃、川田は俊子を詠んでこんな歌を作った。

むらさきの日傘すぼめてあがり来し
君をし見れば襟あしの汗

むらさきの日傘の色の匂ふゆえ
　遠くより来る君のしるしも
思えばあの頃から二人の恋は燃え始めたのだった。「香魂」は川田の自叙伝であると同時に二人が生きた道すじでもあった。
そんなある日、若山喜志子が辻堂の俊子の家をたずねてくれた。前にも書いたがこの人は川田と俊子が傘と風呂敷包みをぶら下げて、国府津駅のプラットホームに下り立った時、反対列車の窓から二人の姿を見つけたのだった。
俊子はその話をこの時初めて、喜志子の口から聞かされた。川田が聞いたらどんなに喜んだろう。あの日から二人の旅が始ったのだ。
京都の人々に負《お》われ、新聞記者の目を逃れて、国府津に来た二人だった。

喜志子の白くなった髪を見ながら、俊子は遠い日の二人の思いに心を馳せた。

こうして川田の遺稿集は完成したが、俊子自身の思いもまとめて置きたいと思った。

川田順は俊子の恋人であると同時に歌の先生でもあった。先生は俊子の歌に無点と、チョボ一つと○の印、○○の印をつけた。つまり出来映えによって四級に分けた。無点は落第の歌なのだ。

「もったいないが、かつて、東宮様のお歌を拝見する時も、同じ点のつけ方をして差し上げたんだよ」と先生は言う。

「良い歌と悪い歌の区別が会得されるようになればしめたものだよ」と先生は続けた。
○○印を目指して俊子はがんばったがなかなかよいお点はもらえなかった。
すでに俊子は「宿命の愛」（昭和二十四年）、「女のこころ」（昭和三十九年）、「女性の愛歌」（昭和四十一年）などの著作を持っていた。国府津の暮らしの珍しさを書きとめて、文章にまとめてもいた。

そんな俊子の作品を見て、川田は「君は随筆の方がよいのかも知れないネ」とポツリと言った。

川田に教わったのは〝歌〟ではなく〝物の見方〟だったのではないかと俊子は思う。

思えば、ぜいたくな事に超一流の先生の傍らで日夜学ばせてもらっていた事になる。

そんな俊子の才能を編集者がみつけてくれ「俊子さんの目で見たお二人の暮らしを書いて見ませんか」と言い「特に川田先生の晩年そして死を俊子さんの目で書いて下さい」と言ってくれた。

こうして「死と愛と」（読売新聞社　昭和四十五年）が生れた。

この本の中に「月光」という項がある。昭和四十三年、川田が逝って三年目の暮のことだ。アポロ8号が月を周回中に撮影した地球のカラー写真が新聞にのった。

それは前景に月の地平線の一部分が見え、上方の真暗な空間に銀色と濃紺の美しい地球の一部分が見えている。新聞は「サファイア色に輝く地球」と伝えている。

俊子は新聞の前で釘づけになった。「先生が生きていたら、興奮することでしょう」と思うのだった。

川田と俊子は誰よりも月を愛する二人だった。

昭和二十二年、二人はまだ京都にいて、人目を忍ぶ恋の中にいた頃のことだ。

夜になって、こっそり忍《しの》び合った二人は小さな板橋の上にいた。美しい月の夜だった。何を話していたのか、何も話していなかったのか。とにかく二人でいられる束《つか》の間の逢瀬を喜んでいた。

魔訶《まか》不思議　前の世よりのちぎりかな
月の光に君を見るかな

君とわがうつつの恋を照らしいる
　夢まぼろしの月の影かも
君を率いて　行きて帰らじ天づたう
　月の光にいづこまでもと

その夜のことを川田はそう詠って俊子にそっと渡した。

アポロを伝える新聞は識者の言葉を載せ、科学の進歩が詩人や芸術家の夢をうばいかねないとの危惧の意見も出たが、谷川徹三は「全く、そんな心配はいらない。科学の進歩とは別に人は自然を愛するだろう」と書いた。川田が生存していたら、多分同じ事を言っただろうと俊子は書く。

そして、橋の上にいた二人の事を思っていた。道ならぬ恋に悩む二人の上に輝いていた満月のことを懐かしく思うのだった。

その後、昭和四十四年七月十六日、アポロ11号は月に着陸している。あおぎ見て、神と拝んでいた月に人類の靴は下り立ってしまったのだ。川田がいたら何と言うだろうか。

そして「月光」と題する文章には最後に川田が四十首もの月の歌を作っていた事、その全てを俊子に与えた事などが記され、「月の光ほど怪しく美しいものはないと私は思う」と結んでいる。

世間を敵にまわして、苦しい日々だったが、愛し合う二人にとって、月の光も星の色も全てが味方をしてくれているような、やさしさを思った時だった。

そして、もう一つ、この本に「伎芸天」という項目がある。

川田の遺品の中に「秋篠歌碑関係一切」という紙袋があった。昭和三十二年五月三日と日付も書かれてあった。それは建碑式の折の写真や新聞記事などこまごましたもので、中に三葉の伎芸天の写真が入っていた。

写真の裏には、川田の筆跡で碑文が書かれてあった。

諸々《もろもろ》のみ仏の中の伎芸天

何のえにしぞ、わを見たまふ

川田は歌集「伎芸天」も出しており、心底この仏にほれ抜いていた。建碑式は盛大だった。新聞記者や雑誌記者がたくさん押しよせて、しきりに川田にカメラを向けていた。

その時、俊子は人混みにかくれるようにして、写真にうつる事を避けた。俊子の考えでは華《はな》やかな喜びの記事とともに二人の写真が出たら、関西に住む身近な人々は何と思うだろうか。「そんな厚かましい事は私には出来ない」と俊子は考え、自分の身をかくした。

川田の袋の中のどの写真にも俊子は写っていなかった。

今となると少し寂しい思いもあったが、彼の好きだった伎芸天の歌碑が建った事は二人にとってうれしい事であった。

川田は「俊子はボクの伎芸天だよ」と後々も言ったりした。

川田が逝って三年余もたった時、俊子は関西方面に行く事があったので、奈良に足をのばして、秋篠寺を訪ねた。久しぶりに川田の歌碑に逢いたかったのだ。

　碑はまるで川田自身のように木々の中に建っていた。

　この碑が出来た時、川田は「この碑はボクより長生きするんだね」と言っていた。「昭和三十二年　酉年《とり》」と碑の裏面《りめん》に彫られていた。あの日から十二年も経ったのだ。山茶花の花がこぼれる境内を歩きながら俊子は思いにふけるのだった。

「先生、伎芸天に逢って来ましたよ。そして先生の歌碑にも」

　俊子は子どものように報告した。

　忍んでも忍んでも忍び切れない人だった。あんまり、いつもいつも川田のことを考えているので、川田が身近にいるような気がして来た。

　窓に来る蛙が川田の化身のように思えたり、胸の中に川田の声を聞いたりした。

　俊子が読書に疲れて、机によりかかってウトウトしていると、肩に川田の手があった。その手の重さをはっきりと感じた。

「あっ、先生、ごめんなさい。私ったら眠っちゃって。すぐお夕飯にしますネ」

俊子は川田の手のぬくもりをはっきりと感じながら眠りから覚めるのだった。

先生は死んでなんかない。私と一緒に生きていて下さる。私の歌に○印や○○印をつけて下さる。

私が旅をする時もごはんを食べる時も一緒だ。

「俊子ぉ、来てごらん、赤富士がきれいだよ」

「今、お料理作ってて、行けないのよ」

「バカだなぁ。こんなにきれいなのに消えちゃったじゃないか」

またある時は国府津の家だった。

「狐が泣いてるよ。可愛い声だよ。俊子、早く早く」と川田が叫んでいる。

「狐なんて、こんな所にいるはずないわ」と俊子が言うと、「そうでもないようだよ」

川田は国府津の町で聞いて来た話をした。近隣の平塚には戦時中、大きな海軍火薬庫などがあり、それが敵軍の目にとまっていたそうだ。

平塚空襲は激しいものであった。

広大な工場群が焼き払われ、戦後いつまでも草ぼうぼうの荒野が残されていた。そこに狐が住みつき、夜な夜な小田原方面に食料物色にやって来るのだと言う。川田はなぜか、狐が好きでその話にとびついた。

近くで「コーン」と狐が鳴くと「犬の声と似てるけど、ちょっと違うだろう」などと言った。そんな川田にうながされて、俊子も遠征隊の狐の声を聞くようになった。

犬とは違う孤独な哀しい声だった。やがて荒地も開発されたのか、狐の声は聞こえなくなった。

でも俊子には「俊子、来てごらん。キツネの声が聞こえるよ」と庭先で叫んでいる川田の声が今も聞こえている。

そして、俊子は思った。あの高野山の山ふところで、一一〇〇年も前に亡くなった空海上人の死を今も認めず、食事を運ぶ人達のことを思った。川田だって生きられる。

先生は私の中で生きている。そうだ、この私の中の川田順を生かそう。私一人くらい川田の死を認めず、生き続けていると信ずる者がいてもよい。

「せめて私が生きている間だけでも川田順を生かしておこう」

そんな事を思っている時だった。住友本社から連絡が入った。

大阪府立中之島図書館が開館五十周年を記念して川田順の歌碑が新しく生れ変わるという知らせだった。

大阪は川田が若き日、東京から来て三十年あまりをすごした土地だった。

昭和二十八年に建てた川田の歌碑があった。

難波津のまなかに植えし知慧《ちえ》の木は

五十年《いそとせ》を経て　大樹となりぬ

この図書館は明治三十七年に住友家第十五代吉左衛門の寄付によって造られたものだった。

新しく生れ変った川田の歌碑は御影石の囲いの中にあり、水をたたえた囲いの中におさまっている。斬新なデザインである。

水に打たれている川田の歌碑を見ていると、自然に国府津の泉わく住まい「掬泉居」が思い出される。道ならぬ恋に身をやつす二人のそばで水が溢れていたあの住まいを思った。俊子の中の川田ももちろん、この美しい歌碑の様子を見ているのだ。

「よかったですネ。先生のお気持がまた一つこの世に残されましたね」

胸の中の川田との会話を楽しみながら、大阪から帰った。

と、そこへ連絡が入った。川田と住んだ辻堂に近い、藤沢遊行《ゆぎょう》寺《じ》からの話で、境内に川田の歌碑を建てるという。

一遍上人《いっぺんしょうにん》を讃える川田順の長歌が碑となって刻まれると言うのだ。

この「夕陽無限好」という川田の長歌は昭和三十四年、伊予宝厳寺の一遍上人像を拝して作られたものだ。

こ能み湯に浸るひまなく西へ行き東へ往《ゆ》きて　念仏もて　勧化《かんげ》したまふみすがたをここに残せる一遍上人　宝厳寺

川田順

そして、この川田の長歌は昭和五十二年、遊行寺にも建立された。一遍上人の像の近くにあって、上人の旅姿を表わした歌が感動を呼ぶ。

「また一つ、先生より長生きの歌碑が建てられましたよ」

「よかったネ。俊子」と川田は笑っている。喜びも哀しみも二人は一緒だった。

困った事があると川田に話しかける。

「どうしましょう。先生」。

川田の答えはいつも「俊子の好きにしなさい」

俊子と川田はあの時、宿命の愛に出会った。

その愛はこの世の余る柵《しがら》みを越えて、突然やって来る。本当の愛は年齢の障害《しょうがい》を越えて二人に迫る。「老いらくの恋」だってあるはずだ。

互いの事が好きで好きでたまらない。そんな愛に出会ってしまった。誰も二人をとめられない。

世間全部を敵にしても二人の愛は枯《か》れなかった。そんな愛があってもよいじゃないか。二人の思うままに生きさせて見ようと神様は思ったにちがいない。

国府津の家の庭のように泉は涌き出て、耐える事を知らない。二人の愛も溢れ出ていつも満たされていた。

俊子は川田を失ってから、四十二年の長き一人身を生きた。自分が生きている事が川田を生かし続ける事だと信じて生きた。

長い孤独な歳月も俊子は川田の残してくれたものと三人の子ども達の助けを借りて、生きた。

俊子は文筆家としても仕事が出来るようになっていた。

その後、二冊の著作をあらわした。

「黄昏記　回想の川田順」　昭和五十八年
「夢候よ」平成四年
自分の中に川田順を生かして、ともに生きた日々だったが、それにも終りの日はやって来る。

さすがに丈夫な俊子にも寿命尽きる日がやって来た。その日も静かに俊子は迎え、静かに旅立って行った。老人にとって、何よりも仕合せな〝老衰〟という死に方だった。命尽きる日、天国の川田の手に引き上げられて旅立つ俊子の耳元で、西行の歌が聞こえて来た。川田の声だ。

好きというのは船なのじゃ
無《む》名《みょう》長《じょう》夜《や》をこえて行く荒海の船なのじゃ

太くはりのある声で川田が歌っている。

俊子はすっかり安心して川田の船に乗った。船は二人を乗せて、大きな宇宙を越えて行った。

誰も二人の旅立ちを見なかった。月だけが輝いて、二人の旅立ちを見守っていた。

あとがき

私は子どもの頃、神奈川県国府津の隣の前川に住んでいた。近所のおばさん達が寄るとさわると「老いらくの恋」の話をしていた。「国府津に老いらくの恋が来たんだってサ」「どんな顔してるのかねえ。見てみたいネ」。

子どもの私には「老いらくの恋」がどんなものかも分からなかった。ただ何となくロマンチックなステキなもののように思えていた。

川田順という歌人と家庭の主婦である中川俊子が恋に落ちた。出逢った時、川田順六十二歳、俊子三十五歳だった。

川田は自らのこの時ならぬ恋を「老いらくの恋」と呼んだ。「墓場に近い老いらくの恋は恐れるものなし」と書いた。

人々は羨望も混じえて、この人達の事を興味の的とした。特に大学教授夫人で三人も子どものある俊子の去就は注目の的だった。

年老いた者は人を愛してはいけないのだろうか。川田順は老人になってから二十七歳も年下の俊子を愛した。二人はこれまでの全てを捨てて、この愛に生きた。

苦難もあった。心苦もあった。常識的な人々には気ちがい沙汰に見えたろう。それでも二人は強く生きた。

京都を捨てて、国府津に来て二人は生きる。私が愛してやまない故郷が二人の恋の舞台になったのだと言う。

これは書かずにいられない。二人の生き様を洗いざらい書いて置きたいと思った。幸い、二人は物書きだった。二人の生きた道程は二人の著書から教えられた。

また、「川田順研究」の第一人者野地安伯《やすのり》氏や「徳川慶喜公の散歩道」の著者奥津弘高氏らにお教え頂く事が多かった。

川田達の国府津での住まいは名取別荘だった。揃泉居と名づけられた美しいものだったが、昭和二十九年、富士電機に売却され、跡地には七十軒の住宅が建てられているそうだ。

何もかもが時代の流れとともに変って行く。川田達の住んだ掬泉居もまぼろしとなった。

そして、人々は信じられない高齢化社会の中にいる。老人ホームにいたり、孤独な一人住いの中にいて、異性を愛する夢は見ないのだろうか。今だからこそ「老いらくの恋」に生きた二人の足跡をたどって見て頂きたい。

八十四歳の私にとって、川田達の生きる強さはまばゆいばかりで、遠い国の物語のようにきらめいていた。

最後になりましたが、本書の刊行に多大なご尽力をいただいた出版プロデューサーの今井恒雄氏及び出版を快諾いただいた展望社社長唐澤明義氏に感謝申し上げます。

新井恵美子

【参考文献】

「西行」 川田順　創元社

「葵の女　自叙伝」 川田順　講談社

「孤悶録」 川田順　朝日新聞社

「川田順遺稿集　香魂」 甲鳥書房

「宿命の愛」 鈴鹿俊子　実業之日本社

「女のこころ」 鈴鹿俊子　春秋社

「死と愛と」 川田俊子　読売新聞社

「川田順研究―歌集「東帰」の世界」 野地安伯

「徳川慶喜公の散歩道」 奥津弘高　夢工房

「斎藤茂吉　愛の手紙によせて」 永井ふさ子

「西行花伝」 辻邦生　新潮文庫

「秋風」 志賀直哉　創芸社

「虹の岬」 辻井喬　中央公論社

新井恵美子（あらい えみこ）
昭和 14 年、平凡出版（現マガジンハウス）創立者、岩掘喜之助の長女として東京に生まれ、疎開先の小田原で育つ。学習院大学文学部を結婚のため中退。日本ペンクラブ会員。日本文芸家協会会員。平成 8 年「モンテンルパの夜明け」で潮賞ノンフィクション部門賞受賞。著書に「岡倉天心物語」（神奈川新聞社）、「女たちの歌」（光文社）、「少年達の満州」（論創社）、「美空ひばり ふたたび」「七十歳からの挑戦 電力の鬼松永安左エ門」「八重の生涯」「パラオの恋 芸者久松の玉砕」「官兵衛の夢」「死刑囚の命を救った歌」「『暮しの手帖』花森安治と『平凡』岩掘喜之助」（以上北辰堂出版）、「昭和の銀幕スター 100 列伝」「私の『曽我物語』」「雲の流れに 古関裕而物語」「戦争を旅する」（以上展望社）ほか多数。

老いらくの恋　川田順と俊子

令和 5 年 7 月 20 日発行
著者 / 新井恵美子
発行者 / 唐澤明義
発行 / 株式会社展望社
〒 112-0002 東京都文京区小石川 3 - 1 - 7 エコービル 202
TEL:03-3814-1997 FAX:03-3814-3063
http://tembo-books.jp
編集制作 / 今井恒雄
印刷製本 / モリモト印刷株式会社

ISBN 978-4-88546-431-7　定価はカバーに表記